JAMES BOND
007典藏精选集

皇家赌场

[英]伊恩·弗莱明　著

徐建萍　译

北京联合出版公司

Beijing United Publishing Co.,Ltd.

007 目录

CONTENTS 皇家赌场

1

2

第一章
特殊赌客

　　凌晨三点钟，位于法国索姆河口的矿泉王城俱乐部里，赌客们赌兴正浓，一掷千金，玩得不亦乐乎。大厅里乌烟瘴气，四处弥漫着香烟味和汗臭味。赌台四周的人们个个满怀贪婪、恐惧和期望，赌场上也因此笼罩着紧张不安的气氛。赌客们感到身心交瘁。詹姆斯·邦德在这种氛围里，表现得十分与众不同：他审时度势，在恰当的时候撤离战场，以避免身心疲倦、反应迟钝，继而在这种情况下输个精光。此刻，他神态安然，离开了一直玩的轮盘赌台，走到铜栏杆外，打算休息片刻。轮盘赌台前，利弗尔还在玩着。显然，他仍然雄踞在庄家座位上。他的前面堆满了白色筹码，这些筹码乱七八糟、带有斑点，每一枚代表一百万法郎。在他结实的左臂的阴影下，堆放着大黄筹码，每枚价值五十万法郎。

　　邦德在这位彪形大汉的背后打量着，然后他耸耸肩膀，向筹码兑换处走去。

　　位于门边的筹码兑换台，是用与下颌齐高的栅栏围起来的。坐在栅栏柜台后的出纳员，神气十足，很像银行里的小职员。此时此刻，他正埋着头清点大把的钞票和筹码，然后把它们分类，最后装在悬挂柜架的框格里。出纳员随身都会准备一根粗大的棍棒和一支枪。如果有人想翻过栅栏，偷走钞票，再从栅栏上翻过来，通过走廊和一道道门逃出赌场，那都是白费心机。更何况，出纳员通常是一班两个人。

邦德来到兑换台，把筹码换成了钞票，这时他脑子里正在思考着这儿是否有遭抢劫的可能性。倒不是他想入非非，只是对这事感兴趣罢了。最后他认定这里不大可能遭抢劫。根据他的估计，至少需要十名训练有素的彪形大汉才能干这种事，而要找到十个忠心耿耿、矢志不渝的好汉，在当今的法国或其他什么国家，实非易事。

兑换台遭抢劫的可能性被否定后，邦德开始想象着明天上午赌场的业务汇报会，这是赌场董事们每天例行的。明天的例会报告肯定会是这样的："利弗尔先生赢了两百万法郎，这次他赢的钱跟平日差不多。费尔柴尔德小姐在一个小时里替利弗尔做了三次摊庄，之后便赚了一百万。维克姆特·维勒林先生在轮盘桌上赌了两把，赢得了一百万法郎，他下的赌注是最高额的，他很有运气。接下来就该轮到那个来自英国的邦德先生，在过去的两天中他赢了大概三百万法郎。他在第五号台专门押红字，采取的是累进制下赌注的方法。他看上去处事不慌，镇定自若，再加上手气非常顺，所以赢了不少钱。昨天晚上我们游乐场的总收入是……"然后，会议在一片致谢声中结束。

邦德一边思考着，一边从大厅的转门走出去，并顺便朝穿着晚礼服的看门人点了点头。

检查客人的进出，是这个看门人的职责。一旦发现什么可疑的迹象，他就会马上踩下电子踏脚板，转门便会被锁住，再也转不起来。

在更衣间，邦德大方地塞给存衣女郎一千法郎小费，然后从俱乐部的台阶上潇洒自信地走下去，进入静寂的夜色之中。为了放松一下僵直的身体，他深深地吸了一口芳香清新的空气，以此驱赶袭来的阵阵倦意。他很想知道，晚饭前，也就是他离开旅馆之后，是否有人搜查过他的房间。

穿过宽阔的林荫大道，走过小花园，他回到了"辉煌饭店"。侍者满面微笑地递上他的房间钥匙（一层 45 号房间）和一封电报。

这封电报发自牙买加，上面写道：

金斯顿急电：矿泉王城辉煌饭店转交邦德，现在汇上 1915 年的古巴哈瓦那雪茄贷款共一千万法郎，希望这个数字能使你满意。

致意

达西尔瓦

这封电报意味着，有一千万法郎的资金正在拨汇的途中。下午的时候，邦德给伦敦情报局总部发了一封电报，请求给予更多的资金，这封电报就是给他的答复。巴黎方面把这事告诉了伦敦的克莱门茨，他是邦德所在部门的上司，克莱门茨又将此事转告给 M 局长，M 局长摇头苦笑了一下，要求会计和财政部处理这件事情。

邦德曾经在牙买加工作过。这次他来矿泉王城俱乐部是要执行任务，掩护身份是牙买加卡弗里主要进出口公司十分富有的代理商。因此，他必须通过牙买加和伦敦联系。牙买加负责与他接头的人不苟言笑，此人是《拾穗者日报》美术编辑室的主任，而《拾穗者日报》是加勒比海地区最著名的报纸。

这个人叫福西特。战前，他在一家玳瑁公司当会计。战争爆发后，他离开老家开曼岛，毅然从戎，在位于马耳他的一个小型海军情报组织做过出纳员。战争结束后，他复员回开曼岛，从此他的心情便非常郁闷，只觉得壮志未酬。就在这时，他被加勒比海地区情报局的负责人看中，并在摄影及其他艺术学科方面接受了严格的训练，然后在牙买加某个要人的推荐下，获得了《拾穗者日报》美术编辑的职位。

福西特的主要工作是负责处理世界各大通讯社发来的新闻图片。在工作之余，他按照某位从未谋面的人的电话指示，做一些简单的、容易操作的、只需要勤快和谨慎就能办好的事。作为报酬，每月有二十英镑打在他在加拿大皇家银行的账户上，这笔钱名义上是他的一个在英国的远亲寄给他的。

为了协助邦德完成目前的这一特殊任务，福西特必须立即以加急电报的形式，把从伦敦来的指示向法国的邦德传达。上级告诉他，为了打消当地电讯局的怀疑，他与邦德所有来往的电讯，在名义上都应该是商业通信。因此，他以《航运通讯与图片》杂志社特约记者的身份，向英法两国频繁地传递相互发出的情报。做这项工作，他的额外报酬是每月十英镑。

他很满意自己的工作成绩。于是他为了奖励自己，以分期付款的方式订购了一辆"莫利斯"牌小轿车；他还买了一个绿色眼罩，可以调节，这使他看起来更加像美术编辑。

这种间接联络的方式，邦德渐已习惯，而且也非常喜欢，这种遥控手段给他造成了一种距离感，使他觉得他跟位于伦敦摄政公园附近的情报局大楼里的上司们，不仅仅是隔了一条长约一百五十英里的英吉利海峡。这些上司们，因为通讯距离的延长，没有办法对他的一举一动了解清楚。其实在他的心里，这种距离感说不定是虚幻的，也许在矿泉王城俱乐部，潜伏着另外一名特工人员，他的行动或许都被暗中监视着，他的情况会有人直接向上级汇报。尽管这样，邦德对这种舍近求远的联络方式还是很满意。就像福西特那样，这个金斯顿的开曼岛人，他知道假如他不是分期付款，而是以现金一次性买下了"莫利斯"轿车，那么伦敦兴许就会有人想知道、也会知道这笔钱是从哪里来的。

邦德看了两遍电报，随后从放在服务台上的便笺簿上撕了一张电文纸，用大写字母回复来电：

来电已收到，款够用，多谢。

邦德

他把写好的电报稿交给服务员，然后把达西瓦尔发来的电报放进了口袋里。他突然意识到，假如有人想偷偷查看他的电报内容，那太容易了，只要把这个服务员买通就行。

他道了声晚安，拿起房门钥匙，转向楼梯，向负责开电梯的人摇摇头，示意他不坐电梯。电梯有可能是一种危险的信号，他想，如果二楼有人，电梯开动，便有可能打草惊蛇。他觉得，还是谨慎为好。

他踮起脚尖轻轻爬上楼梯，忽然他有点后悔刚才给 M 局长的回复，他觉得措辞太傲慢了。他知道作为一个赌徒，要想与强敌抗衡，赌本是必须要充足的。不过话说回来，并不是那么容易就能从 M 局长那里要来钱。于是，他耸耸肩膀，走上楼梯，穿过走廊，向自己的房间轻轻走去。

电灯开关在哪个位置邦德很清楚，他猛地推开门，冲进去，在拉亮电灯的同时紧握防身手枪。房间里很宽敞，没有一个人。他没有去检查半开半掩着门的浴室，而是直接走进卧室，锁好门，打开床头灯和镜前灯，把枪扔在了窗户旁边的长靠椅上。随后他弯下腰，打开写字台抽屉，检查了他临走时放的一根头发，发现它原封未动。

接着，他又检查了一下大衣柜上的搪瓷把手，看见涂在上面的爽身粉丝毫未动。他慢慢踱进浴室，把马桶盖掀起，查看里面的贮水线和铜质阻塞球是否还在原来的位置上。

检查完这些，他又检查了那些微型的盗警铃。他觉得这样做并不是愚笨可笑，或者神经过敏。他是一个特工人员，并且受过严格训练。之所以能活到现在，是因为他很注意自己生活中的每个细节。对他来说平时谨慎小心都是应该的，就如同深海潜水员、试飞员，或者那些赚危险钱的人一样，事事都需要谨慎。

对于他外出的这段时间里没人搜查他的房间，邦德很高兴。他脱掉衣服，洗了个冷水澡，然后抽起了这一天当中的第七十根香烟。在书桌上放着厚厚的一沓钞票。他坐下来一边清点钞票，一边在小本子上记账。在两天的角逐中，他赢了差不多三百万法郎。他从伦敦来的时候，带了一千万法郎做赌本，从福西特的电报里得知，伦敦又给他汇出了一千万法郎。等到那一千万法郎到手后，他将有两千三百万法郎做行动资金了。那笔钱大约合两万三千英镑。

邦德盯着窗外的黑色大海，一动不动地坐了一会儿。然后他将单人床上华丽的枕头掀起，把这捆钞票全部塞了进去。他刷了牙，关掉电灯，钻进粗糙的被单里。他侧身躺着，回想着这一天的活动，十分钟之后，他翻过身，准备入睡。

邦德习惯性地用右手向枕头下面摸了摸，直到触摸到点三八口径的科尔特手枪的木柄，这是临睡前惯常性的最后一个动作。不久，寂静的房间里响起了轻微的鼾声，邦德进入了梦乡。

第二章
神　秘　文　件

　　两个星期前，英国国防部情报局苏联情报站（S站）传给M局长一份备忘录。M局长以前是英国国防部的有力助手、情报局的头目，现在仍然是。这份备忘录上写着：

　　发给：M局局长

　　发自：S站站长

　　内容：摧毁利弗尔的行动计划（利弗尔化名为"她的代号""黑尔·兹夫尔""代号"等）

　　他的公开身份是被法共控制的阿尔萨斯运输业及重工业工会的会计主任，实际上他是潜伏在法国的苏联的一个名叫"第五纵队"间谍组织的头目。利弗尔的个人档案以及苏联"锄奸团"组织的内幕介绍作为附本列在这个行动计划的末尾。

　　行动计划正文：各种迹象表明，利弗尔已经陷入了困境。尽管他是苏联派驻到西欧进行活动的得力间谍，但是他的那种异常强烈的色欲已经成为他致命的弱点。通过他的这一弱点，我们常常可以钻到空子。例如，他的一个情人（一个亚欧混血女郎）就是我情报局派遣到法国情报站的工作人员（1860 号情报员）。近来，她得到了利弗尔的一些秘密事务的情报。

简单地说，利弗尔似乎陷入了一场经济危机。1860 号已经注意到了他的某些细微却又反常的情况，比如：他卖掉了昂蒂布的一幢别墅，很谨慎地出售了一些珠宝，而且对自己的奢侈消费行为进行了全面的检点，一改以前大手大脚的习惯。在法国情报部门的帮助下，我们更进一步地弄清了情况。以下是事情的详细始末。

1946 年 1 月，利弗尔买下了一个名为"逍遥宫"的系列妓院，这些妓院分别开在布里塔尼和诺曼底等地。为了能够买下这些妓院，他十分蠢笨地动用了列宁格勒第三处委托他保管的约五千万法郎。而这些钱是列宁格勒第三处计划留给阿尔萨斯工会的活动经费。

照常理说，买下"逍遥宫"的这些妓院可以算作最聪明的举措，因为开办妓院这种行当是最容易赚钱的。

利弗尔想利用他保管的这笔资金进行一些投机活动。这个动机并不排除他想借此机会给工会本身积累资金，以此扩大工会的经济实力，但最主要的还是想借此满足他个人的淫欲。很明显，假如他不是受到那些可以为自己赚钱、又可供自己玩弄的女人的诱惑，那么这笔资金他完全可以投放到比开办妓院更有意义的行当中去。

因此，很快，命运之神就朝利弗尔举起了惩罚的利剑。

逍遥宫妓院仅仅开了三个月，1946 年 4 月 13 日，法国众议院忽然通过了第 46685 号法案，即《关闭所有妓院，全力抵制一切卖淫活动法》。

这一法案明确规定：禁止出售黄色书籍、图片以及电影，关闭所有低级下流的卖淫场所。因此几乎在一夜之间，利弗尔就宣布了他所投资的妓院破产了。一瞬间，利弗尔面临着法国工会资金的严重赤字。为此他使出浑身解数，把妓院变成了赌场，并偷偷摸摸地安顿好那些前来嫖娼的人。他还继续经营着一两个地下电影院，那是专门用来放色情电影的。尽管利弗尔不断地改变经营策略，但他仍然应付不了自己的巨额开支，更无法转移警察对他的注意。于是他想方设法地要把这些妓院卖掉，哪怕是损失一大笔钱也在所不惜。但是，很不幸，这些尝试都失败了。与此同时，警察也跟踪上了他。很快，他的那二十多家妓院都被勒令关闭了。

当然，一开始，警察对他感兴趣仅仅因为他是开妓院的大老板。及至后来调查到他的财务状况时，负责主管情报的法国国防部情报处十分密切地配合警察局，使警察局很快查出利弗尔经管的法国工会账目上亏空了五千万法郎，而利弗尔本人又恰恰是法国工会的会计兼出纳主任。不必多说，和我们一样，法国人很清楚地意识到了事态的严重性。

然而，这件事好像并没有引起列宁格勒方面的怀疑，却让"锄奸团"组织的人察觉到了。根据情报资料，上星期，"锄奸团"组织的一个高级官员已经离开华沙，通过东柏林去了斯特拉斯堡。不过这个报告的真实性尚未得到斯特拉斯堡当局和法国国防部情报处的证实。我们安插在利弗尔身边的一个双重间谍（除了1860号以外）也没有关于此事的汇报。

假如利弗尔知道"锄奸团"正怀疑他，或跟踪他的话，他就仅仅有两条路可走：要么是设法逃跑，要么就是自杀。然而从他目前的计划来看，他丝毫没有觉察到自己的生命危在旦夕。他也许要制订一个十分惊人的反行动计划。不过，依据我们目前的分析，他不可能去做证券方面的交易，因为那个收效太慢；贩卖毒品又要承担很大的风险；赛马活动也不能使他赚到他所预想得到的大笔赌金，况且，就算他赢了，他也不一定能拿到赢来的钱。相反，倒很有可能被人干掉。所以我们认为，无论他的行动计划多么的不同寻常与冒险，事实上他跟那些找零花钱的小偷在本质上并没有多大的区别，无非是想通过豪赌在赌场上狠狠地大捞一把，以弥补他的财务亏空。我们已经从有关消息得知，他从法国工会金库里取走了最后的两千五百万法郎，两个星期之前，在位于索姆河入海口以北方向的矿泉王城俱乐部旁边买了一幢小型别墅。

根据推测，今年夏天，在矿泉王城俱乐部将会出现欧洲最为盛大的赌况。为了吸引更多的游人赌客，矿泉王城俱乐部已经从埃及的"皇家海滨浴场公司"借贷了若干资金，还借来了三张玩巴卡拉牌局专用的台桌。这次赌博盛会的宣传活动非常热烈。许多欧美的著名赌客都已经在矿泉王城俱乐部预订了席位；矿泉王城所有大旅馆的客房也已经预订客满。到时，这个古老的海滨胜地非常有可能恢复它在维多利亚时期的鼎盛景象。

以上所述，我们非常肯定，利弗尔此次去矿泉王城俱乐部的真正意图就是打算在 6 月 15 日左右用他从法国工会金库中提走的最后的两千五百万法郎当作赌本，在巴卡拉纸牌赌台上赢上五千万法郎，这样既大赚上一笔钱，又能保全了小命。

根据这些，我们提出以下建议：利用这个机会暴露利弗尔在财务上的贪污行为，使其名誉扫地，瓦解他下属的工会组织，狠狠地打击他这个苏联的得力鹰犬，进而使其苏联主子的地位有所动摇。利弗尔掌握的法国工会拥有五万会员。一旦西欧爆发了战争，这些人也必将成为苏联的别动队。除掉利弗尔这个苏联在西欧活动的得力鹰犬，不仅符合英国的利益，也使北大西洋公约组织各国的安全得到了保障。我们认为，把他杀掉是毫无意义的，因为那样的话，列宁格勒将会非常迅速地补偿空缺的名额，把他追认为一名烈士。

对于此次的行动，我们建议情报局派出的特工应该精通赌博，并带上足够的资金去矿泉王城俱乐部，竭尽一切力量在赌博中把这个家伙战胜。

很显然，风险是存在的。如果失手，情报局就很有可能损失许多资金。然而机会难得，实在是值得一试。

假如我局不宜实施这次行动，可否将我们的情报和建议提供给美国中央情报局或者法国国防部情报处？毫无疑问，这两个机构会很欣然接受这个计划的。以下附上有关苏联"锄奸团"简介和李·奇尔夫的资料。

签名：S

附录A

姓名：利弗尔

化名：叫法不一样，但都是意为"代号""密码"

原籍：不明确

1945 年 6 月，利弗尔作为一个因为战争而逃离原籍的人出现在德国的美军占领区的难民营里，患有声带麻痹和记忆缺失这两种病症。虽然声带被医治好了，但是他依旧声称自己的记忆已丧失了大半部分，仅仅记得 1943 年 9 月自己被转移到阿尔萨斯的斯特拉斯堡和洛林地区。没有国籍，护照号码是 304-596。所用的名字是"利弗尔"。没有教名。

年龄：四十五岁左右

相貌特征：身高五英尺八英寸，体重一百八十磅。皮肤很白。胡子刮得十分干净，平头，棕色的头发，深棕色的眼珠四周一圈呈白色。嘴巴如同女人一样小。镶着金牙。耳朵不大，但耳垂却比较大，这表明他有着犹太人的血统。多毛，手小，两只脚也小。就种族上来说，他也许是波兰血缘或者是普鲁士与地中海的混血儿。他外表整洁，穿着考究，通常会穿黑色双排纽扣的西服。他的烟瘾非常大，不间断地抽着"粗烟丝"牌的香烟，使用一个能够去除香烟中烟碱的烟嘴。说话时的声音平稳而柔和，会讲英语和法语，还精通德语，带点马赛口音。总是板着面孔，不苟言笑。

习惯与爱好：总体上来说生活靡费，但花钱比较谨慎。性欲很强。擅长手枪射击、高速驾驶，而且还是使用小型武器以及匕首的搏斗行家。常常随身携带三把"永锋"牌剃须刀片，藏于左脚的皮鞋里、帽边的丝带里以及香烟盒中。熟悉计算和会计知识。赌博经验颇为丰富。外出的时候身边总有两个穿着体面、佩带武器的保镖：一个是德国人，一个是法国人（他们的详细资料在档案室可以查阅到）。

结论：利弗尔是一个由列宁格勒第三处驻巴黎的分站控制的危险而又可怕的苏联间谍。

签名：档案保管员

附录 B

名称："锄奸团"组织

情报来源：根据局本部档案室的档案与华盛顿中央情报局、法国国防部情报处提供的材料汇编而成。

"锄奸团"组织的俄语原文为"SMERSH"，是俄语"奸细"和"消灭"两词缩合而成，即"锄奸团"的意思。其组织地位比苏联内务人民委员部还要高，它是由贝里亚亲自领导的。

总部：列宁格勒（分部在莫斯科）

该组织的主要任务是消灭苏联秘密警察局和情报局在国内外的各种背叛变节的成员。它是苏联最可怕、最强大的组织，这是世人皆知的。这个组织在执行任务时一丝不苟，并且从来没有失败过。

据称，当年布尔什维克的元老托洛茨基被暗杀的事件就是由"锄奸团"组织所为。此案件发生于1940年8月22日。由于苏联的许多组织和特工之前的暗杀都没有成功，因此"锄奸团"组织的这次暗杀的成功赢得了很高的名声。

紧接着，在1941年希特勒向苏联发起进攻的时候，"锄奸团"又一次大展雄风。苏联军队在各战场节节败退之时，其组织迅速扩大，用以对付双重间谍和叛徒。同时，这个组织还兼任着苏联内务人民委员部的执法队。

"二战"后，其组织自身进行了一次彻底的大清洗，目前它只有几百名技术过硬的间谍，分别隶属于下列五个处：

一处：负责苏联在本国以外的反间谍活动。

二处：拟订一系列行动计划，包括暗杀。

三处：管理财务。

四处：管理人事。

五处：作为检察部门对所有被告作最后判决。

战后，我们仅仅抓到一名"锄奸团"组织的特务，名字叫高伊切夫，化名加勒德琼斯。1948 年 8 月 7 日，他在伦敦海德公园里打死了南斯拉夫驻伦敦大使馆的军医主任佩奇奥拉。他在被捕等待审讯之时，吞下了一粒装有浓缩氰化钾的组扣，自杀了。除了承认自己是"锄奸团"组织的成员并且为此感到非常自豪之外，任何情报都没有从他嘴里吐露出来。

我们十分肯定，这些英国的双重间谍都是"锄奸团"的牺牲品，如哈思诺普、伊丽莎白·杜蒙、文特尔、多诺万、萨维林、梅思。（详情参见 Q 站档案）。

结论：我们必须竭尽全力进一步掌握这个强大的恐怖组织的情况，并消灭其组织的特工人员。

第三章
接 受 挑 战

对消灭利弗尔的计划，S站（负责苏联事务的情报局分站）的站长自信满满，经过多方面考虑后，S站长决定向M局长面呈自己消灭利弗尔的计划。他拿起备忘录，走进那幢灰色的大楼，来到顶层。这里可以俯视摄政公园，经过蒙着绿色粗呢的大门，沿着走廊，他来到顶端的一间屋子。

S站长快速地走进了M局长的办公室——参谋长办公室。这位参谋长以前是一名工兵军官，那时候他年轻有为。1944年在一次破坏性行动中负了伤，因为立了功而成为一名参谋长。尽管他长期从事着情报工作，但始终不乏幽默感。

"比尔，看这儿，我想卖给M局长一点东西。现在是时候吗？"

"你怎么认为，潘妮？"参谋长转身向同在一个办公室工作的M局长的私人秘书征求意见。

莫妮•潘妮小姐十分迷人，但是她待人却比较冷淡。

"应该是时候，在今天早上外交部的会议上，他的发言得到了到会者的一致赞许和认同，心情应该挺不错的。再说，接下来的半个小时里他没有约会。"她破例地朝S站长笑了笑。这是因为她喜欢S站长的为人，喜欢他的那个重要部门。

"太好了，比尔，这是内部消息。"S站长把卷宗递了上去，上面的黑色红星是表示"绝密"的意思。"上帝保佑，但愿你拿给他时，他会感兴趣。请转告他，我在这里等着，敬候他定夺这个案子。如果他要了解里面的某些细节，我将随时提供。我想对你们二位提个要求，在他看卷宗的时候，不要拿其他的一些事情来打扰他。"

"好吧。"参谋长按了一下电钮，向桌上的电话探了探身子。

"喂？"一个平静的声音问道。

"S站站长有一份十分紧急的公文要请你批阅，先生。"

电话那头稍稍停顿了一下。

"把它拿进来吧。"

参谋长松开按钮，站起身。

"多谢了，比尔，我去隔壁了。"S站长说道。

参谋长穿过自己的办公室，走进通往M局长办公室的门。

不一会儿他便从里面出来了。这时局长办公室门口的上方，有一盏蓝色的小灯立即发亮，这表示局长正在处理要紧的事务，不能打扰他。

事后，S站站长非常得意地对他的副手说：就因为最后一段话，我们几乎把自己给毁了。M局长非常严厉地说，这是颠覆和讹诈。不管怎么说，他还是赞同我的计划的。说这个计划近乎疯狂，但如果财政部同意拨款的话，还是值得试试的，他个人认为财政部可能会支持的。他会对他们说，这一次的赌博很有希望，比他们上一次买通的那个俄国上校的希望大得多，他在这个"政治避难所"待了几个月，后来却又背信弃义。更何况M局长非常渴望把利弗尔打败，而且他还找到了合适的人选，要派这个人来完成这个差事。

"他是谁？"副手问。

"00 组的成员，我猜可能是 007。他非常有才干，M 局长认为 007 完全能够对付利弗尔和他的保镖。他玩牌的技术肯定不错，要不然就不会在战前把他派到欧洲赌城蒙特卡洛，和法国情报局合作，干了两个月，在赌台上大获全胜，足足赢了一百万法郎。在当时，这笔钱可算是一笔大数目了。"

詹姆斯·邦德和 M 局长之间的面谈很短暂。

"怎么样，邦德？"当邦德走进他的办公室，看了看 S 站站长的备忘录，然后又朝窗外公园里的树看了十分钟后，M 局长这样问他。

邦德注视着那双精明、清澈的眼睛。

"非常谢谢你，先生，我很乐意去干这件事。但是我不能保证取得胜利。牌桌上的情况简直就是瞬息万变的，'巴卡拉'的玩法更是变幻莫测。假如我的运气不够好，在关键的时候分到一副'整十'牌，那就很可能把钱输个精光。这样赌额将会相当高。开局的赌注就会高达五十万，我自己是这样想的。"

邦德的话被那双冷漠的眼睛制止住了。显然，M 局长对这些情况已了若指掌，像邦德一样，他知道玩这种纸牌赌博取得胜利的机会究竟有多少。这是他的工作——掌握一切事情发生的可能性，了解手下人，了解自己，而且要了解敌人。邦德刚才对这种担心没有保持沉默，现在有些后悔。

"你的对手也有可能运气不好。"M 局长说，"你不用担心赌金的问题，会给你充足的资金，这笔钱高达两千五百万法郎，和你那个对手一样多。我们先给你一千万，另外一千万在你去了那儿经过察看后，我们再给你汇去，剩下的五百万你得自己赚了。"说到这儿，M局长笑了笑，继续说道，"在大赌开始前，你先到那儿熟悉几天。会有专人安排你的饮食、住宿、交通以及其他的一些用品。会计主任会为你筹措资金的。我现在就跟法国国防部情报处联系，请他们给予你相应的帮助。那儿是他们的地盘，假如他们不对外声张，我们就非常幸运了。我将试着说服他们派马西斯配合你。记得在蒙特卡洛你们俩合作得很默契。由于北大西洋公约组织的关系，我还将通知华盛顿方面。中央情报局有一两个优秀的情报员，他们在枫丹白露的联合情报处。还有其他的事吗？"

邦德摇摇头："我当然愿意和马西斯配合，先生。"

"那好，我们一定争取完成这个工作。如果你输了，那我们就被看笑话了。一定要多加小心，这是一件表面看起来好像很有趣的差事，但其实不然。利弗尔是一个非常能干的家伙。好，祝你好运。"

"谢谢你，先生。"邦德说完后，向门口走去。

"等一下。"

邦德转过身来。

"邦德，我认为还是给你派个人掩护你吧。两个人的头脑要比一个人的头脑强，况且你也需要有个人帮你联络。这个问题我来解决，在皇家饭店他们会和你取得联系。我肯定会派一个精明强干的人过去，这个你不用担心。"

邦德喜欢单独工作，然而他没有和M局长争辩。他走出房间，心里想着希望他们派过来的这个人将忠实于他，既不愚笨，也不会有野心。否则会很糟糕。

第四章
隐 藏 身 份

两个礼拜之后，在矿泉王城的辉煌饭店里，詹姆斯·邦德一觉醒来，接受任务时的情景便闪现在脑海里。

两天前的中餐时间，邦德准时抵达了辉煌饭店。当他把"牙买加、玛丽亚港、詹姆斯·邦德"这几个字填在旅店登记表上时，没有人过来跟他联系，也没有好奇的目光向他投来。

M局长对邦德隐藏真实身份的想法并不表示赞同。"一旦你开始和利弗尔在赌桌上斗争起来，你的真实身份就无法再隐瞒。"他说，"隐藏身份只能哄骗局外人。"邦德对牙买加非常熟悉，因此他请求把那里当作活动的背景。他则扮成一个牙买加商人，他的父亲在烟草和雪茄生意上发了财，而他本人却把证券交易市场和赌场作为发财的场所。假如有人盘问他的底细，则可以找在金斯顿的卡弗里公司工作的查理斯·达西瓦尔，他是邦德的代理人，他将会证实邦德所说的话的真实性。

邦德在赌场里花费了两个下午和晚间的大部分时间，用比较有把握的方式在轮盘赌旁玩着比较复杂的累进系统。只要有人想跟他玩纸牌赌博，他就坐下来，在巴卡拉赌台上押上高额的赌注。如果他输了，他就会继续打第二盘，如果第二盘仍然输，他就不再赌了。

　　用这种方法他赢了大约三百万法郎，这使他的神经和牌感得到了一次彻底的锻炼。赌场的地理位置、布局结构已被他深深地印在了脑海中。最为重要的是，他已经设法观看到了利弗尔的许多赌博，利弗尔是一个幸运赌棍，从不犯错误。这一点令邦德有些沮丧。

　　邦德喜欢讲究营养的早餐。冲完冷水澡后，他便坐到窗前的写字桌旁，看着窗外风和日丽的天气，喝上半杯冰镇的橘子汁，吃了三份炒蛋和咸肉，并且喝了两杯没有加糖的咖啡。随后他燃着了一天当中的第一支烟。这种烟是用巴尔干烟叶和土耳其烟丝混合制成的，是一家在穆兰大街的香烟厂专门为他制造的。他往远处的海滩望去，长长的沙岸被滚滚的白浪轻轻地拍打着，从迪耶普驶来的渔船排成一队，在 6 月里的热带地区行驶着。船后，一群海鸥正嬉戏追逐着。

　　突然响起的电话铃声打断了邦德的沉思。电话是大厅的服务员打来的，说有一个无线电公司的主任在大厅下面等他，他把邦德从巴黎订购的收音机带来了。

　　"是吗？"邦德说，"那请他到我的房间里来吧。"

　　这就是要与邦德取得联系的联络人。邦德一直看着房门，他希望出现在门口的人是马西斯。

　　果然，不久后，马西斯走进了房门。他手里提着一只大匣子，俨然像一个受人尊敬的商人。邦德兴奋地迎了上去，但马西斯却紧皱眉头，一边谨慎地关门，一边抬起那只空闲的手向邦德示意不要出声。

　　"先生，我刚刚从巴黎到达这儿，这是你订购的收音机，它有五个电子管，是超外差式的。在辉煌饭店里，你可以用它来收听从欧洲大多数国家的首都播出的广播节目。在方圆四十英里之内，没有阻碍它接收节目的任何高山。"

"实在太好了。"邦德说着，扬起眉毛看着这张近乎神秘的脸。马西斯假装没有看见，继续办理着他们的移交手续。他把收音机上的套子解开，把它放在壁炉下面的电炉旁边。

"现在刚过十一点，"马西斯说，"用中波我们可以收听到尚松音乐团正在罗马做巡回演出的歌唱表演。来，让我们看看这个收音机的接收功能怎么样，这应该是一次不错的测试。"

说完，马西斯朝着邦德挤挤眼睛。邦德注意到他把收音机的音量旋到了最大位置，红色的亮灯表明收音机的中波波段正在工作，但是没有声音从收音机里发出来。

马西斯把收音机的后部拨弄了一下。突然，整个房间被一阵震耳欲聋的吼声充斥着。马西斯愉快地对着收音机看了几秒钟，然后把它关掉，他发出非常沮丧的声音。

"请原谅我，亲爱的先生，我没有把它调好。"他再次弯下腰把调谐度盘反复拨弄着，胡乱弄了几下之后，一段音色优美的法语歌声终于从收音机里传了出来。这个时候，马西斯走到邦德跟前，猛地捶了一下他的背，同时又伸手把邦德的手紧紧握住，邦德的手指被捏得很疼。

邦德向马西斯笑笑。"到底是怎么回事？"他问。

"我亲爱的朋友，"马西斯激动地说，"老兄，你的真实身份已经被人揭穿了。"

马西斯指了指天花板，"芒茨先生和他的夫人正在楼上等候着我们呢。我想这混声合唱的洪亮响声一定把他们吵得震耳欲聋，其他声音肯定听不见了，他们俩声称自己患了流行性感冒，已经卧床不起，我猜这个时候他们一定很气愤。"看着邦德紧皱眉头、一副不大相信的样子，马西斯高兴地大笑起来。

对自己所说的话产生的气氛马西斯感到非常满意，他变得严肃起来。

"这件事是怎么发生的，我不太清楚。你到达这儿的前几天他们就知道你一定会来。对手正精神矍铄地等着我们。住在你楼上的是芒茨一家。芒茨是一位德国人，而他的夫人却是中欧某个地方的人，或许是捷克人。这家饭店是老式饭店。在这些电炉的后面是一些废弃不用的烟囱。这里面大有文章。就在这里面。"马西斯指着电炉上面几英寸的地方说，"这儿藏着一个高倍数的微音探测器，在微音探测器的上面安有电线，这根电线从烟囱里穿过，一直通到楼上面芒茨夫妇房间的电炉后面，芒茨夫妇又在那里装上了一个音频放大器。在他们的房间里估计有一个钢丝录音机和一对耳机，以方便供他们轮流监听。这就是芒茨夫人患上了流行性感冒，一日三餐都要在床上吃的真正原因，也是芒茨先生不在这个美丽的疗养胜地欣赏阳光或去赌博，而始终陪伴着芒茨夫人的原因。"

"我们会知道这些情况，是由于法国情报部门的工作人员非常聪明能干。在你到达这儿的前几个小时，我们就已经拆掉了你房间里的电炉，证实了其他的问题。"

邦德满怀疑惑地走了过去，仔仔细细地检查了墙上装有电阻丝的接线板，发现上面的螺丝槽里面有着微小的被擦过的痕迹。

"又到该背一段台词的时候了。"马西斯说着走到还在演唱着热情奔放的歌曲的收音机旁，关上了开关。

"你感到满意了吗，先生？"他问，"你都听见了吧，它的音质很清楚，传出来的歌声也很优美，这台机器很不错吧？"他用右手绕了一个圈、扬起眉毛向邦德示意。

"一切都不错，"邦德说，"我还想再听一听这个节目。"一想到芒茨夫妇在楼上一定交换着愤怒的眼光，邦德禁不住笑了起来，"这台机器的确很好，我准备买下来，把它带到牙买加。"

马西斯朝邦德做了个鬼脸，随后又把收音机打开，接着，一片洪亮的歌声又在屋子里响起了。

"你和你的牙买加。"马西斯说着，非常不痛快地坐在了床上。

邦德皱着眉头看着他。"发脾气是没用的，老兄。"他说，"本来我们也是伪装了很长时间，但让人难以理解的是他们怎么会这么快速地就知道了我们的底细。"邦德心想，难道是俄国人把我们的密码系统破译了吗？如果真是这样的话，那么他最好收拾行李回家。因为他以及他要完成的任务已经全部暴露了。

邦德的心思似乎被马西斯猜透了。"密码是不可能被破译的，"马西斯说，"但是，我们还是应该立刻向伦敦方面报告。他们会马上把现在所使用的密码更换掉。无论怎么说，一场大动乱已经被我们引起了，不是吗？"说完，两个人会心地笑了起来。接着，马西斯郑重其事地说："在这个音乐节目结束之前，我们得把正事交代完毕。"

"首先，"他深深地大口吸了一口烟，"上级为你派来的助手你将会非常满意的。她长得很漂亮（邦德皱了皱眉头），确实非常漂亮。"马西斯对邦德的反应很满意，他继续说道："黑色秀发，蓝色眼睛，以及很诱人的……哦……身材。"

"她的长相无可挑剔，"马西斯又补充了一句，"这个女人是一个无线电专家，尽管我并没有怎么考虑她的长相，但我最终还是雇用了她，在'无线电公司'她是一名优秀的雇员，也是我的助手，在这美丽的夏季里，她来这儿协助我推销无线电设备，想必不会引起怀疑。"马西斯笑了起来。"我们两个人也将会在这家饭店入住。假如你新买的收音机出了故障，我的那位助手可以随时为你检查。这些新机器尽管产自法国，但顾客买下之后，一两天之内它也会出现一些小故障。而且通常是在夜间出现故障。"马西斯不停地眨了几下眼睛。

邦德对此并不满意。"究竟为什么要派一个女人过来？"他愤怒地说，"是不是他们认为这是一件轻松愉快的工作？"

马西斯打断了他的话，"镇定点，我亲爱的詹姆斯。就像你所期望的那样，她是一个规规矩矩的人，像冰块一样冷酷。她的法语说得就像英语一样流利，她懂得做秘密工作的各项规定。派她来做你的掩护，简直再合适不过了。在这儿，你选择一个漂亮的姑娘作为自己的帮手，这是顺理成章的事。你本人是一个牙买加身价过亿的阔少爷。"他轻轻地咳嗽了几声，"一个年轻英俊的小伙子，身边没有漂亮的女人做伴，反而会让人生疑的。"

邦德带着疑问哼了一声。

"还有什么更让人惊讶的消息吗？"他疑惑地问道。

"没有什么了，"马西斯答道，"利弗尔现在居住的别墅离海岸公路大约有十英里。在他的身边有两个保镖，那两个家伙看起来很有本事的样子，其中一个家伙，我们发现他去过一个膳宿公寓。就在那个地方,两天以前,三个可疑的人住了进去。也许他们和利弗尔是一伙的。他们的身份证看起来并没有什么大的问题,他们好像是没有国籍的捷克人,但是根据我们的一位情报员说,在房间里他们是用巴尔干语交谈的。这个地方的巴尔干人很少,他们中的大多数被用来对付土耳其人和南斯拉夫人。这些巴尔干人很愚笨,但非常听话。他们只是被俄国人利用了去杀人,或者是在更为复杂的问题中被当作替罪羊。"

"非常感谢。还有其他什么事吗?"

"没有了。哦,对了,吃中午饭前请到'隐士'酒吧来一趟,我会把你的助手介绍给你。今天晚上你可以请她共进晚餐。然后,你就可以轻松、自然地和她一起进出矿泉王城俱乐部了。我也将去矿泉王城俱乐部,但只是在暗中助你一臂之力。我还会派一两个比较有本事的人,暗中保护你。

"哦,有一个名叫莱特的美国人,他也在这家饭店里住。费利克斯·莱特,他是中央情报局在枫丹白露驻地的特工。伦敦方面让我转告你,他非常可靠,来这儿或许很有用。"

地上的收音机突然传出一阵嘈杂的意大利语的欢呼声,听上去演出已经接近尾声了。马西斯关掉了收音机,两个人谈了会儿收音机的事,还有邦德应该怎样支付收音机款额的问题。之后,马西斯又说了几句热情四溢的告别话,然后看了邦德一眼,便离开了房间。

邦德在窗旁坐下,整理着思绪。马西斯刚才说的话使他深感不安。此刻他已经被人盯上了,正处在来自真正的职业侦探监视的危险中,但他对敌人却知之甚少,说不准等不到他有机会和利弗尔在赌桌旁对阵,他就已经被敌人吃掉了。俄国人一向杀人不眨眼。此刻又来了这样一位讨厌的女人，真是累赘。他叹了一口气。女人是被用来消遣的，在执行任务的过程中，她们通常很碍事，常常由于她们的性别、自尊心以及所有的感情负担而把事情弄得很糟糕。到最后男人们既需要照顾好她们，还得保护她们。

"他妈的。"邦德骂了一句，忽然他又想起了芒茨夫妇，就又大声地骂了一句"他妈的"。

第五章
飞 来 横 祸

中午十二点钟邦德离开了辉煌饭店。市政厅的大钟正慢慢地奏着乐曲。松树和含羞草的芳香在空气中散发出来。通往矿泉王城俱乐部的路旁，有漂亮整齐的砾石花圃和小径作为点缀。阳光灿烂，空气中充满着愉快和生机，这种新风尚、新气象似乎是一个好兆头，表明在经历过许多兴衰浮沉之后，这个小小的沿海城市，又开始向众人显示出它的富有和堂皇。

位于索姆河口的矿泉王城，平坦的海岸线从南部的皮卡迪海滩一直延伸到通往布里塔尼的峭壁，从这儿的峭壁可以通往勒阿弗尔。与坐落在它附近的游乐小镇施劳维尔是一样的，矿泉王城经历了太多的风雨。

最初，矿泉王城仅仅是一个小渔村。在法国第二帝国时期，它发展为一个闻名遐迩的、供上流社会娱乐的海滨胜地，就像施劳维尔一样非常引人注目。但是后来，矿泉王城被施劳维尔压倒了。

到20世纪初，在这个小小的海滨城市非常不景气时，命运之神为它带来了转机。这时，人们渐渐意识到旅游胜地不应该只是提供娱乐，还应该疗养身体。在位于矿泉王城后面的群山之中有一个天然的温泉，这个温泉里有许多稀释硫黄，对治疗肝病很有帮助。由于大部分法国人的肝脏都或多或少有些毛病，因此这个地方也就出了名。

但是它与维希、佩里尔以及维特尔集团之间的抗衡没能坚持长久。一系列的诉讼案件在这里发生，很多人在这儿丢了大量的钱财，很快地，它的服务对象和范围再次局限在当地人当中。幸好每年夏季这儿都会有英国和法国的游客前来度假，冬季人们则靠着渔船出海打鱼，生活基本过得去。

但是，矿泉王城俱乐部里的巴洛克建筑却十分壮观，看上去雅致、豪华，带着浓烈的维多利亚时代的风格。1950年，巴黎的一个辛迪加集团被矿泉王城俱乐部吸引了来，搞了一些投资，这使得它焕然一新。

自从战争爆发以来，布赖顿复活了，尼斯更加华而不实，牟取暴利的黄金时代却降临到了矿泉王城俱乐部。它原来的白色和金色外观又被重新恢复，室内的墙壁都被漆成了淡灰色，还装饰着紫红色的地毯和窗帘。巨大的枝形吊灯从天花板上吊下来。花园被修整一新，喷泉里又喷出了高高的水柱。两家主要饭店"辉煌"和"隐士"被粉刷一新后，吸引了更多的客人前往。如今，这个小小的海滨城市和古老的港口正在尽量一展笑颜，迎接各方来宾。著名的巴黎珠宝商店以及时髦的女装商店点缀在主要街道的两旁，显得非常繁华热闹。

邦德站在阳光下，感到自己的使命与眼前的景色是多么的不和谐，差距是多么的大。

他尽量驱散这种突然产生的不安感，从饭店后面绕道下了斜坡，来到车库。在去隐士饭店之前，他决定开车沿着海岸线察看一下利弗尔居住的别墅，然后再驾车从内陆公路返回来。

　　驾车兜风是邦德的一大爱好。1933 年，他买了这辆宾利轿车，至今仍然崭新如初。为了省油，战争期间他没有再用这辆宾利轿车，而是把它小心地藏了起来。而且还有一个宾利机械师，会对这辆车进行每年一次的维修保养。此人在一个汽车修理厂工作，修理厂就在邦德公寓的附近。因此，现在使用这辆车他还是感到非常愉快，十分顺手。

　　这辆小轿车是灰色的，功能很多，时速可达到 120 英里 / 小时。

　　邦德慢慢地把这辆宾利轿车开出车库，上了斜坡，随着车尾的排气管发出噗噗的声音，汽车开上了林荫大道，穿过拥挤的小镇大街，越过沙丘，向南驶去。

　　一个小时之后，邦德走进隐士饭店的酒吧，在靠近窗边的地方选了一张桌子坐下来。

　　酒吧特别豪华，服务员的服饰、名贵的烟斗和卷毛犬等为酒店增添了不少法国的奢侈气氛。厅内的每把椅子上都有皮质的靠垫，桌椅和衬墙板一律是用光亮的红木做成的。窗帘和地毯是蓝色的。大厅里穿着条纹背心以及绿色呢围裙的男侍在来回穿梭着。邦德点了一瓶"美国"牌红酒，对穿得非常讲究的顾客仔细地研究着。他认为，这些人多半来自巴黎。他们坐在那儿，轻松愉快、津津有味地相互交谈着，形成了一种善于交际的戏剧性气氛。

　　男人们喝着能够使人兴奋的香槟酒，女人们则喝着"马丁尼"，尽管它的味道并不甜。

　　忽然，邦德瞥见了走在人行道上的马西斯的高大身影，他与身边一位穿着灰色衣服、披着一头乌黑秀发的姑娘兴奋地交谈着什么。那姑娘被马西斯用手挽着，手臂挽得非常高，但是从他们脸上的表情来看，他们之间还缺乏一股亲热的劲儿。在那姑娘的脸上流露着一种嘲讽的神情，这就表明他们两个不是情投意合的恋人，而只是事业上的伙伴。

邦德假装没看见他俩，而是继续盯着窗外的行人。等着他们穿过街边的这扇门走进酒吧。

"我想，那一定是邦德先生吧？"马西斯充满着惊奇与兴奋的声音，从邦德的身后传来。邦德似乎也非常激动地站起身来。

马西斯说："你是独自一个人待在这儿吗？你在等什么人？我可以把我这位同事琳达小姐介绍一下吗？亲爱的，这是邦德先生，从牙买加来，今天早晨我和他很愉快地做了一笔生意。"

为表示一种友好和礼貌，邦德向前欠了欠身子。"非常高兴见到你们。我独自一人在这儿坐，你们俩愿意与我在一起坐吗？"他往外抽出一把椅子。当客人落座后，他示意了一下那位男服务员，马西斯坚持要请客，可是邦德对此并没有理会，他给马西斯要了一份红酒，给琳达小姐要了一份香槟。

马西斯与邦德愉快地谈起话来。他们俩一个对矿泉王城晴朗的天气称赞不绝，另一个则推测矿泉王城在今年夏季即将恢复鼎盛时期的热闹情景。琳达小姐坐着一言不发。她从邦德手里接过来一支香烟，看了看，随后悠然自得地抽起来。她深深地把烟吸进肺里，一点儿也不做作，然后屏住呼吸，慢吞吞地把烟雾从嘴唇和鼻孔里喷出来。

她抽烟的动作显得轻松自然、优雅大方。

邦德在这位女助手身上感到了强烈的吸引力。在他与马西斯谈话时，他不时地转向琳达小姐，在交谈中非常有礼貌地谈到她，但是他每次总是不带任何表情地瞥向她。

琳达乌黑的头发分向两边，在颈背上低低地搭着，下颌的线条清晰而美丽。头发很浓密，随着头部的摆动而不停地飘动，但是她只是顺其自然，并不用手指去把它们拂弄到原来的位置。她的一双深蓝色的眼睛很大，常常带着一种不感兴趣的、讥讽的神情漠然地看着邦德，逼得邦德赶紧避开她的眼光。她的皮肤略微有些黑，是太阳晒过的那种黑，脸上没有化过妆的迹象，只是在她那张富有魅力的嘴唇上看得出是涂了口红。她的手臂很光洁，使人联想到她的恬静的气质。手上的指甲剪得很短，并没有涂指甲油，一点也没有做作之感。她的脖子上佩戴着一条纯金项链，右手的无名指上戴着一个戒指，质地是黄玉的。灰色野蚕丝做成的方形低领口中长外套，穿在她身上更是把她那丰满的胸部衬托得恰到好处，她旁边的椅子上放着一只黑色的坤包，与坤包放在一起的还有一顶金色草帽，一根窄窄的黑色天鹅绒带子扎在帽顶上，并在帽子后面打成了一个短短的蝴蝶结。

琳达小姐的美貌把邦德深深地吸引了。一想到他将要与她一起工作，邦德禁不住怦然心动。与此同时，他又感到了一阵莫名其妙的不安，于是下意识地又啜了一口酒。他神情不定的模样被马西斯注意到了。

"请原谅。"马西斯对琳达小姐说，"我要打个电话给杜本夫妇，今晚晚餐聚会的事要安排好。今天晚上把你一个人留在旅馆，你不会介意吧？"

琳达摇摇头。

邦德十分清楚马西斯此时的暗示，当马西斯从酒吧穿过，向酒吧旁的电话间走去时，邦德便开口对琳达小姐说："如果你今晚一个人待在旅馆的话，你是否愿意与我共进晚餐呢？"

琳达小姐带着神秘的微笑回答："我很乐意。然后兴许你会把我送到矿泉王城俱乐部。马西斯先生告诉过我，在国内你经常去赌场。也许我会带给你好运的。"

她对邦德的态度，在马西斯走后，突然变得温和起来。仿佛她知道他们俩今后会生死与共、同舟共济。他们商谈着两人见面的时间和地点。当这一切都谈完后，邦德发现，与她制订详细的行动计划是十分容易的。对于这次行动，他发现琳达对自己所要扮演的角色非常感兴趣，也非常激动，同时也表示出很乐意与他配合这次行动。在此之前，在和琳达小姐建立起这种和睦协调的关系之前，许多障碍和隔阂都被邦德想象到了，但是现在看起来，事情却非常顺利。他承认，自己对琳达小姐产生了爱慕之情，但是要想顾及私人情感，只有等任务完成以后才行。

邦德在马西斯返回桌旁时，叫来服务员结账。邦德仍然向马西斯解释说，在饭店里他的朋友们等着他一起吃中午饭。他握了一下琳达小姐的手，感到在他俩之间产生了一种理解与爱慕之情。会有这样的结果，邦德在半小时前绝没有想到。

琳达小姐目送邦德出了门，走上林荫大道。马西斯把椅子移到她的跟前，轻声说道："邦德是我的一位很亲密的朋友，我非常高兴你们能够相见。两条冰冻的河就要解冻了，我已经能感觉到了。"他微笑着说，"这将是邦德的一次新经历，你也一样，我认为他这块坚冰还从未融化过。"

琳达小姐并没有直接回答马西斯的话，而是说："他使我想起了霍吉·卡米歇尔，他长得很英俊，就是他的嘴巴有点冷酷。"还没等这句话说完，突然传来一声巨大的响声，几英尺以外的厚玻璃板窗子被震得剧烈摇晃，四处飞溅着碎玻璃片。他俩被强烈的爆炸气流掀翻在地。一瞬间，四周死一般的静寂。接着，他们听见外面重物倒下压在水泥地上的声音，在酒吧后面的架子上，酒瓶被碰倒的声音。紧接着就是一阵尖叫声，人们慌乱地向大门口跑去。

"你就在这儿待着。"马西斯说。

他跳上椅子，猫着腰从没有玻璃的窗框穿过去，跳到了人行道上。

第六章
红蓝盒子

离开酒吧后，邦德朝几百码以外的饭店走去，他有意地走在林荫大道一侧的人行道上。他感到饥肠辘辘。

天气依然非常晴朗，骄阳似火，烤着他的头顶。好在人行道上每隔二十英尺就有一棵梧桐树，梧桐树的阴影投在草地与宽阔的柏油马路之间，行人可以借此阴影遮阳。

周围没有什么人，在林荫道对面的一处树荫下，站着两个男人，他们沉默不语，行动看上去有点鬼鬼祟祟。

在与他们相距还有一百码远时，邦德就注意到了他们。这两个人和辉煌饭店间的距离跟他们与邦德之间的距离差不多。

邦德对他们的出现感到怀疑和不安。这两个人都很矮，穿的服装好像都是黑色的。邦德知道，这种穿着是热带地区时髦的打扮。他们看起来就像即将登台表演的杂耍演员，现在正在等公共汽车去戏院。他们每个人都戴着一顶草帽，帽檐上还镶着一条宽宽的黑边，又很像在海滨浴场度假。他们的脸被大帽檐和树荫遮得模糊不清，但每个人胸前的一块东西非常醒目。仔细看过去，每个人的胸前都吊着一台方形的照相机，一台是大红色的，另一台是天蓝色的。

当他看清这些时，邦德距离这两个男人只有五十码远了。他在大脑中搜索着各种小型武器的射程，并思考着如何掩护自己。突然，一个可怕的、令人震惊的场景出现了。那个胸前挂红盒子的男人向胸前挂蓝色盒子的男人点了点头，挂蓝色盒子的男人便迅速从肩上取下蓝色的相机，摆弄了一下，随后往前一扔。由于邦德的视线被身旁的一株梧桐树的粗大树干给挡住了，所以盒子落地时的情景他没有看清楚，只看见一道白色的、炫目的闪光，紧接着一声震耳欲聋的爆炸声传来。虽然邦德有树干的保护，一阵强烈的热浪还是把他冲倒在人行道上。就好像秋风扫落叶般迅疾，热浪从他的双颊和腹部掠过。他躺在地上，仰望着天空。好像钢琴的低音区域被人用一只大锤猛烈地敲打了一下一样，空气中仍然回荡着爆炸的余音。

邦德一条腿跪在地上，试着站起来。他感到头昏脑涨、眼花缭乱，一片片浸着血迹的衣服碎片和一连串令人恐惧的肉屑在他的四周散落下来，混合在一起的还有树干与砾石。随后又落下来很多小的嫩枝和树叶。从四周传来玻璃破碎的稀里哗啦的刺耳声音。一片蘑菇状的黑色烟雾在空气中弥漫。朦胧中邦德看着它们一点点地往上升，然后渐渐地消散。

邦德能够从空气中闻到一种浓重的炸药怪味，和一些树枝被烧焦的煳味以及类似于烧烤羊肉的味道。林荫大道上的树木几乎都被烧光了。在他的对面，有两棵被拦腰斩断的大树，躺在路中间一动不动。在被炸断的两棵树之间，还躺着一个冒着烟的板条箱。那两个戴草帽的男人完全不见了踪影。人行道上、马路上、树干上到处都留下了斑斑的血迹，树枝上高高地挂着还闪着亮光的玻璃碎片。

邦德突然感到一阵恶心。

第一个跑到他跟前的是马西斯。这个时候，邦德用两只手臂抱住树干想站起来。刚才多亏了这棵树的保护，他才逃过一劫。

虽然没有受伤，但是他全身发麻，脑子昏昏沉沉，只好听凭马西斯带领着自己向辉煌饭店走去。

客人和服务员从饭店里蜂拥而出，都面带惊恐地议论着刚才发生的爆炸事件。救火车和救护车的尖叫声在远处响起。他们俩设法挤过拥挤的人群，登上低矮的台阶，走进走廊，来到邦德所住的房间。

马西斯首先做的事是把壁炉前的收音机打开，脱下了邦德身上沾满血迹的衣服。邦德把刚才发生的一切向马西斯描述了一遍。

听完邦德对那两个形象可疑的人的描述，马西斯立刻拿起了邦德床边的电话。

"请告诉警察局，"他严肃地说，"告诉他们，炸弹把从牙买加来的英国人击倒在地，但庆幸他没有受伤。请他们放心好了，我们来处理这件事情。半小时后，我会亲自向他们解释的。让他们这样给新闻界解释，就说这是种族仇杀事件，是两个巴尔干民族之间发生的。那两个恐怖分子已经在爆炸事件中同归于尽了。那个潜逃的第三个巴尔干人，请他们不必谈及。但是一定要不惜一切代价把他抓获归案。他一定是往巴黎的方向逃走了。马上在各处设下路障，进行突击检查。懂了吗？那好，祝你一切都顺利。"

然后，马西斯又转向邦德，听他讲完事件发生的全部细节。

"老兄，今天算你走运，"当邦德一讲完，马西斯马上说道，"很明显，这起爆炸事件是冲着你来的。他们肯定是出了什么差错。他们原本想先把炸弹朝你扔过来，然后再躲到树后面。然而整个事件却以另外一种方式发生了。这不要紧，相信我们会查出真相的。"

马西斯稍微停顿了一下。"不过，看来这件事情况非常严重。这伙人很显然是在认真地对付你。"马西斯说着，显出一种决斗者才有的架势，"但是，那两个红色和蓝色的盒子到底有什么区别呢？那只红色盒子的碎片，我们必须设法尽快找到。这些该死的巴尔干人，他们又想怎样逃脱追捕呢？"

马西斯咬着指甲。他显得很兴奋，两只眼睛里闪着光芒。这案子远没有想象的那么简单。不管怎么样，他个人已被卷入到这起事件里了。在赌台上，在利弗尔和邦德一决雌雄的同时，他做的肯定不仅仅是在赌台一旁为邦德拿拿衣帽的简单小事了。想到这些，马西斯一下子跳了起来。

"你现在先喝一点儿酒，吃完午饭后，休息一会儿。"他带着命令的口吻对邦德说，"我必须赶在警察之前到达现场，查清这个案子。"

马西斯将收音机关掉后，意味深长地朝邦德挥手告别。关上门后，屋子里马上又静寂下来了。邦德在窗户旁边呆呆地坐了一会儿，开始享受幸存者的快乐。他慢慢喝着加了冰块的纯威士忌，品尝着肥鹅肝和冷盘龙虾，这是服务员刚刚送来的，就在这时，耳旁响起了电话铃声。

"是我，琳达小姐。"电话那头的声音低沉而有些焦急。

"你没发生意外吧？"

"我很好。"

"我很高兴，那请你多保重。"

琳达挂了电话。

邦德摇了摇头，选了一个最厚的热面包，然后拿起了刀子。他突然想到：敌人的两个人被报销了，而自己的身边却多了一个漂亮女助手。这仅仅是这场战斗的开始，更好看的戏还在后头。

他把刀子往盛有开水的杯子里一放，开始品尝起美味的冷盘龙虾来。这时邦德意识到，为了感谢服务员给他送来了这顿美餐，他应该给服务员双倍的小费才对。

第七章
首 战 告 捷

　　为了对付那可能会进行到下半夜的赌博，邦德决定充分休息一下。他预约了一个按摩师，要他三点钟的时候来为自己按摩。服务员把邦德吃剩的残羹剩汤端走后，邦德坐回窗户旁边，悠然自得地欣赏着海滩景色。突然，一阵敲门声传来，他一看手表，时针已经指向三点了。一个瑞士籍的按摩师走了进来。

　　按摩师一声不吭，从脚到脖子开始给邦德按摩，以此来使他体内的紧张肌肉得到松弛，放松那仍然在脑中震颤不已的神经。邦德左肩上一道一道青色的肿块慢慢消失，两肋的抽痛也停止了。邦德在瑞士按摩师走后，很快就进入了梦乡。

　　快到傍晚时，他一觉醒来，觉得神清气爽，精神焕发。冲了个冷水澡后，邦德决定去矿泉王城俱乐部。他在赌场的手气，自从前天晚上以来，就不是那么顺了，现在需要调整一下。他必须恢复那一半是直觉、一半是智慧的注意力，而且不能太激动，要乐观自信一些，对他来说这些可都是赢牌的关键因素，这一点对于任何赌者来说都是一样的。

　　作为赌博能手，邦德一直都喜欢听洗牌时清脆的敲打声，他还乐于观看，对不断悄悄出现在绿色赌桌周围的戏剧性数字也非常喜欢。赌场和牌室那认真严肃的气氛他也很喜欢，他还喜欢铺有漂亮护垫的椅子扶手，喜欢把香槟或威士忌酒杯放在肘边，更喜欢赌场里那些态度和蔼、无微不至的服务员。一看见滴溜溜旋转的轮盘赌球，邦德心里就激动不已。他喜欢做一个观众，也愿意做一名演员，坐在自己的椅子里为别人出牌揣摩主意，最后说出起着关键作用的"免看"或"跟进"。一般来说，那只意味着可能有百分之五十的取胜把握。

总而言之，他认为闪念之间就能决定胜败。不应把失败归咎于别人身上，一切的决断全在于自己。人总有运气好和运气不好的时候。对人们来说，保持清醒的头脑才是最重要的，胜利时不骄傲，失败时不气馁。不要一有机可乘便冒失进攻，一旦不顺利便误以为倒了邪霉。

他把幸运当作一个女人，决不能一味地勾引她或者拼命地缠住她不放，而是应该温柔地向这个女人求爱。但是他很坦率地承认，他自己还从来没有向哪个女人求爱。假若有一天当真发生了这种吃女人和纸牌苦头的事，和其他人一样，他知道自己也会承认自己难免会犯错误。

当邦德在这个六月的傍晚，从后路抄捷径来到俱乐部大厅时，一种自信油然而生，一种想大赌一次的雄心也突然产生了。一百万法郎被他兑换成五十个筹码，然后他在负责1号轮盘赌台的管理员身旁坐了下来。

从记账员那儿，邦德要过记录卡，把从下午三点钟开盘以后各轮盘运转的情况，仔仔细细地研究了一番。尽管他知道轮盘的每次转动、每次落入编上号码的槽沟里的球都与前面轮盘的运转情况毫无关联，但是每次在台边坐下后他总要先看一看记录。在轮盘赌台上，轮盘每次转动的顺序、每个格子上带字的槽沟和圆筒状的机械细节部分都是开盘前早就设计好了的。在经过许多年的运行后，这些都几乎达到了尽善尽美的境地，象牙球的掉落情况是任何人为的努力都不可能影响的。不过，通常情况，有经验的赌客都会仔细地研究过去每盘赌博的记录，然后总结出轮盘运转的特点，比如说，对上一个号码的运行结果注意和思考一下，其取得胜利的可能性就比较大一些。

说实话，邦德并不是墨守成规的人。他只是认为，在赌博中，要想增加获胜的可能性，就必须投入很大的努力和智慧。

研究了一番 1 号轮盘赌台的记录卡，邦德发现第三组数字，也就是 25—36 号都不是走运的号码。最终他决定把最高注的赌额押在第一组中的 1—12、第二组中的 13—24 的各个字码上，每一组各下十万法郎的赌注。

他玩了七盘，赢了六次。在玩第七次时，出现了 30 这个号码，所以他输掉了。此刻，他净赚了五十万法郎。到第八盘时，他歇了一次，没有下注，而这次却刚好是 0 号中奖，对此他算得很准。接着他继续玩，却输了两盘，这两盘使他损失了四十万法郎，可是随后他的手气开始不断地好转。最后，当他从赌桌旁站起来时，一百一十万法郎已经赚进了他的口袋。

人们对一开局就下高额赌注的邦德有些刮目相看。其中有一个人甚至学着像他那样下注。那个人在邦德的对面坐着，仿佛他要和邦德平分赌金一样，他显出非常友好和兴奋的神情。邦德看出他是从美国来的。由于效仿邦德的战术，那个人尝到甜头，禁不住有些神采飞扬，有那么一两次他还朝邦德笑一笑，点点头示意。当看见邦德从赌桌旁站起身时，他也把椅子拉开站了起来，愉快地对着桌子喊道："今天跟着你沾了不少光，我想请你喝一杯，以此表示谢意。你愿意赏光吗？"

这个人让邦德感到很有可能是中央情报局的特工。当他们一同向酒吧走去时，他确信自己的判断是对的。邦德扔两枚筹码给记账员和服务员做小费。

"很高兴见到你，"美国人说道，"我叫费利克斯·莱特。"

"我叫邦德，詹姆斯·邦德。"

"哦，那太好了，"莱特说，"让我好好想想，应该怎样庆贺一番呢？"

邦德坚持要请莱特喝一杯酒，特别点明要"岩石"牌的威士忌，接着他仔细地看了一下调酒员。

"来一份马丁尼鸡尾酒，"他说，"一份，用一只深口的香槟高脚杯盛。"

"好的，先生。"

"等一下，我要变个花样，把一份伏特加、三份高登酒以及半份基那酒混在一起搅匀了，再冰镇一下，摇匀后再在里面放上一大片柠檬。明白了吗？""当然，先生。"调酒员似乎对这种吃法非常赞赏。

"不错，真正的鸡尾酒就是这样，劲头肯定小不了。"莱特说。

邦德大声地笑起来。"当我集中所有精神考虑问题的时候，"他解释道，"我顶多在晚餐前喝一杯酒，不过这一杯酒得够烈、够冰、够味，而且必须是用好几种酒混合调制成的。刚才你看见的那种鸡尾酒调配方法是我发明的专利，我将去申请专利权，只要我给它想好一个有趣的名字。"

邦德一边说一边看着调酒员调酒，按他的吩咐调酒员把调制好的鸡尾酒倒进高脚杯子里。由于刚才调酒员的搅动，盛在深口酒杯里的淡黄色酒液微微充着气。他仔细地欣赏着，然后伸手端起杯子，深深地吸了一大口。

"很不错，"他对调酒员说，"可是，假如你们这里的伏特加不是用土豆而是用麦子酿造的话，这酒就更加好喝了。"

调酒员笑了起来，有些受宠若惊。

对邦德的酒，莱特表现出十分感兴趣的样子。"你太会动脑筋了。"莱特高兴地说。

端着酒杯，他们俩来到房子的一个角落，莱特把声音压低说道："这个味道，今天中午你已经尝到了吧？我们最好把它称作'莫洛托夫鸡尾酒'。"然后他们坐了下来，他的话使邦德会心地大笑起来。

"那个出事地点，我看见已经被做了记号，并且拦了绳子，过往的汽车只好从人行道上绕道行驶了。我希望这次的爆炸事件不会把那些准备来这儿豪赌的大亨们吓跑。"

"人们认为这是煤气总管发生了爆炸，或者是赤色分子干的。今天晚上所有烧焦的树将被锯掉。如果他们处理这种问题就像在蒙特卡洛那样处理的话，那么任何迹象，在明天早上就消失了。"

"我非常高兴和你一起执行这项任务，"莱特边说边抖出一支"睡椅"牌香烟来，他盯着邦德的鸡尾酒饮料继续说道，"因此你没上西天，这是我特别高兴的。对此事我们颇为关注，对这项任务的处理也非常重视。事实上，由于没能执行这项任务我们华盛顿深感遗憾。想必那些高级人物你是知道的。我想你们英国那些官员也一样。"

邦德点点头："对别人抢先得到的新闻他们总是多少有点嫉妒。"

"无论怎么样，你的指挥我都会听从，我会尽一切可能为你提供所需的任何帮助。马西斯和他的伙伴们都在这儿，需要我尽力的地方也许不多。但是无论如何，我都会随时随地听候你的命令。"

"你来帮助我，我非常高兴。"邦德谦逊地说，"我已经被敌人盯上了，或许你和马西斯也被盯上了。说不准他们已经给我们设下了圈套，等着我们往里钻。就像我们所想象的那样，利弗尔似乎很凶悍。就目前而言，我想还没有什么很特别的重要事情需要你的帮忙，可是假如你能来矿泉王城俱乐部，那么我将会感到十分高兴。现在我已经有了一位女助手，叫琳达。我想在赌博开始后，把她托付给你照管。对她你不要有什么难为情，她是一位漂亮的姑娘。"邦德微笑地看着莱特，接着又说："利弗尔的那两个保镖你要留神看着。我想他们是不会实施暴力的，可是，谁又能说得准呢？"

"或许我能帮着你做点什么。"莱特说，"在我参加这个组织之前，我曾经是海军陆战队的一名士兵，这个或许可以使你放心一点。"他瞧了瞧邦德。

"那是当然。"邦德说。

莱特是得克萨斯州人。他向邦德谈着自己在北大西洋公约组织的联合情报机构处的工作情况。这个组织云集了许多国家的成员，在这样一个组织里干活，自身的安全很难得到保证。

善良的美国人总是很容易相处，邦德想，尤其是来自得克萨斯州的人，莱特就是一个不错的例子。

费利克斯·莱特三十五岁左右，个子非常高，骨架却不大。一套轻便的棕褐色的西服宽松地套在他的身上。似乎他的言谈举止不紧也不慢，但是他内在的速度和力量，只要人们见到他一眼便可以感觉到。显然，他是一个无情的、刚毅的战士。

在他弯下身坐在桌旁的时候，仿佛他具有一种猎鹰般的气质。他的面部，他那颊骨、尖尖的下巴和那稍微歪斜的大嘴都给人展示出一种猎鹰的形象。他那双灰色的眼睛显得很深沉、机警。当碰到"睡椅"牌香烟所散发出来的烟雾时，他的双眼便自然而然地眯了起来，这种习惯性的动作更加增添了他的稳重老成。他的眼角因这种眯眼的习惯形成了一道一道的皱纹，使人感到他的笑容不是在嘴巴上，而往往表现在眼角上。

他的前额斜着掠过一绺金色的头发，这使他的脸带上了一种孩子气，但近距离看的话就不完全是这样了。邦德很快注意到，尽管他看起来对他在巴黎的工作非常坦率地谈论着，但是他在欧洲或华盛顿的那些美国伙伴却从不提及。邦德猜想，莱特这样也是为了对自己所属组织的利益有所保护。大家对北大西洋公约组织的情况都知道，即使谈谈也无妨碍。邦德对他的这种想法非常理解。

这个时候，第二杯威士忌已被莱特喝完。邦德把那天早晨他沿着海岸对利弗尔居住的别墅所做的短暂的侦察情况，以及芒茨夫妇在暗中监听他的活动都告诉了他。这时时针已经指到七点半了，他们俩决定一块步行回饭店，在离开赌场之前，邦德走到筹码兑换处将身上的两千四百万法郎寄存在那儿，作为零用他只留下了几张一千法郎的钞票。

他们往辉煌饭店走的时候，在爆炸现场看见一队修路工人已经忙起来了，他们连根刨起了那几棵被烧焦的树干。城市洒水车正冲洗着林荫大道和人行道。炸弹炸下的坑已经被填平了。偶尔，只有几个过路人会停下来观看。邦德心里想，隐士饭店肯定已经进行了一次整容手术，还有临街的房屋以及玻璃被损坏的商店也将会重新修饰一番。

在这暖暖的蓝色薄暮中，矿泉王城宁静而整洁的风貌再次被恢复了。

当他们快走到饭店跟前的时候，莱特问邦德："你认为那个看门人在为谁干活？"

邦德自己也不清楚，于是老老实实告诉莱特说不知道。记得马西斯曾对他说过："除非他被你自己收买了，否则你一定要假定另一方已收买了他。所有的看门人都可以被收买过来，但这个并不是他们的过错。在接受职业训练时他们这类人便认定了所有的旅客都有可能是招摇撞骗的能手，只有一类人例外，那就是印度王公。所以任何旅客都会被他们在暗中监视。"

果不其然，他们一走进饭店大门，那个看门人就急匆匆地走上来，向邦德询问他是否已经从中午那件不幸的事件中恢复过来了。邦德突然想起了马西斯对他说的话，便将计就计地回答说现在仍然感觉头昏脑涨。听完邦德的话，看门人便很礼貌地预祝他早日恢复健康，然后转身走了。

这一错误的信息，邦德希望利弗尔能够收到，在今晚的赌台上他一定会认为邦德精力不济的。

莱特所住的房间在四楼。他们约好大约十点半或十一点钟在赌场见面，往往这个时间段正是高额赌注开始进行的时候，随后，他们在电梯口分了手。

第 八 章
迷 人 女 郎

　　走进自己的房间，邦德又仔细地检查了一遍，仍然没有发现被人动过的迹象。然后，他脱掉衣服，洗了一个热水澡，接着又冲了一个冷水淋浴，最后舒舒服服地躺在床上。他还有足足一个小时的时间来休息和理清思绪。他一点一点地检查已经拟订好的赌博计划的每一个细节。开赌以后可能出现的各种获胜或失败的情况他都想到了。他既要安排好马西斯、莱特以及琳达小姐的随从角色，又要考虑到有可能会出现的敌人的各种反应。闭上眼睛，他想象着一系列仔细勾勒好的场景，觉得仿佛是在看着变幻莫测的万花筒中的图案一样。

　　八点四十分，邦德将他和利弗尔在决战中可能出现的各种各样的事件进行了详尽的研究。然后他从床上站起来，把衣服穿好，让自己尽量从复杂的问题中冷静下来。

　　他一边打着那条黑色的窄窄的绸缎领带，一边审视着镜子里的自己。镜子中他那双灰蓝色的眼睛显得非常平静，神情带有一点讥讽、询问的味道。一绺短短的不驯服的黑发慢慢地滑落下来，形成厚厚的刘海儿。他右颊上一条窄长的垂直伤疤，让他看上去有点像凶悍的海盗。马西斯曾经告诉过邦德，琳达是如何评价他的，可是邦德很有自知之明，他知道与电影中的硬汉相比，自己的这副嘴脸不怎么样。不过琳达对自己有这样的评价，邦德还是感到很欣慰的。他一边想着一边将五十支带有三道金圈的"穆兰"牌香烟放进一个扁平的烟盒里，然后把烟盒揣进裤兜里，又把他那只黑色的"龙森"牌气体打火机掏出来，看看是否要给打火机补充点燃料。接着他把面值一万法郎的一小扎钞票掖进口袋里。他抽出一只抽屉，从里面拿出一只轻巧的羚羊皮做的枪套，把它往左肩上一挎，枪套大约离腋窝有三英寸。然后，他从另外一只抽屉里抽出一把75毫米大口径贝雷塔自动手枪。他把弹夹卸下，将枪管里的子弹退出来，做了好几次拔枪的动作，接着击发，只听见扳机发出了一声清脆的咔嗒声。子弹被再次推上了膛，他安上保险机，把枪装进了羚羊皮的枪套里。他谨慎地四下里察看了一番，看看是否有什么疏漏的地方。最后他把一件单排纽扣的晚礼服套在丝绸衬衫上。他在镜子里反复打量自己，直到确定腋下的扁平手枪不会被旁人看出来，最后把狭长的领带理了理，走出房间，将门锁上。

当邦德走下楼梯转向酒吧时，听到身后电梯门打开的声音，紧接着从那儿传来一声轻快的招呼："晚上好，先生。"

邦德抬眼一看，正是那位琳达小姐。她站在那儿一动不动，等着他朝自己走来。

她的美貌已被他清清楚楚地记住了，此刻，她的美貌再次把他吸引住了。她身穿一套黑色的丝绒衣服，样式并不算复杂，却显示出一种华贵时尚的光彩，想必只有一流的巴黎时装设计师才能设计出这种衣服来。琳达的脖子上戴着一串稀有的钻石项链，头上有一只钻石夹。

凸出的乳房显得非常丰满。她用手拎着一只纯黑的椭圆形的提包，那头乌黑的秀发亮如绸缎，梳得十分整齐，而且发梢一律向里面卷曲着。她真是美极了，邦德禁不住顿生怜爱之情。

"你太可爱了。你们在无线电方面的生意肯定十分兴隆！"

琳达伸出一只胳臂，让邦德挽着。"我们可以直接去吃晚餐吗？"她问，"我想在众目睽睽之下走进餐厅，借此对外造个舆论。还有就是，我的这件黑色丝绒衣有个缺点，很容易被椅子绊住。假如你听到我尖叫的话，那肯定是椅子夹住了我。"

邦德哈哈大笑起来："那好吧，现在我们直接进餐厅吧！点菜之前，让我们每人先来一杯伏特加。"

琳达有些不高兴地瞥了邦德一眼。于是他马上纠正了刚才的话："或者是来一杯鸡尾酒，假如你喜欢的话。矿泉王城最好的饭菜就在这儿了。"

当他们被餐厅的领班毕恭毕敬地领着从拥挤的餐厅穿过时，邦德马上注意到，这个餐厅里所有就餐者的目光都不约而同地落在琳达小姐那窈窕动人的身材上。

那宽宽的月牙形窗户正体现了餐厅的时髦之处，就像饭店花园上停泊了一艘宽大的船只一样。走到这间大餐厅的后面，在嵌有镜子的壁橱附近，邦德选了一张桌子坐下来。这里古色古香，还保留着爱德华七世时代的壁橱风格，显得非常僻静。墙的四壁用白色和金色装饰，使人感到非常愉快。还有华丽的红色餐桌，后期时代的帝国壁灯，都使这里别具一格。

他们落座后，刚刚把印有紫色花体字的精致菜谱拿起，餐厅服务员便马上走过来侍立一旁。邦德转向琳达小姐。

"你想喝点儿什么？"

"我想要一杯伏特加。"知道邦德喜欢喝伏特加，她便对服务员这样吩咐，然后拿起菜单仔细看起来。

"要一小瓶冰镇的伏特加。"邦德吩咐侍者，然后再一次转向琳达小姐。

"我还不知道你的教名呢，该怎么为你的健康而干杯呢？"

"维纳斯，"琳达说，"维纳斯•琳达。"邦德略带疑问地看着她。

"噢，我的教名跟美丽女神维纳斯是没关系的。记得父母告诉我，在我出生的那个傍晚，天际闪烁着金星。你知道，维纳斯也叫金星。很明显，他们给我起这个名字就是为了纪念那个特殊的时刻。"琳达微笑着继续说道："有些人对这个名字很喜欢，有些人则不喜欢。我自己反正是习惯了。"

"这是一个很好听的名字，至少我是这么认为的。"邦德说，突然在他的头脑中萌生了一个念头。"这个名字我可以借用一下吗？"他向琳达解释了他新发明的那种特殊的马丁尼鸡尾酒，并说他正发愁为这种酒取一个什么名字好呢。"维纳斯，"他说，"听起来多么美呀，我的这种鸡尾酒肯定会把整个世界醉倒的。怎么样？我可以用这个名字命名吗？"

"只要我能第一个亲自尝尝这种酒就行。"她答应说，"拿我的名字为一种酒命名，我感到十分荣幸。"

"等把这些事情办完了，无论是赢还是输，我一定要陪你喝一杯我发明的这种酒。"邦德说，"现在晚餐想吃什么，你想好了吗？请点一些昂贵的菜品吧。"当看到她有些犹豫不决的神情时，邦德又补充说道："要不然就配不上你这套美丽的礼服了。"

听到这话，琳达开心地笑了起来。"那好吧，能在这里展现出亿万富翁的气势，倒也不失为一件乐事，但是你可能要为此付出不菲的钱财了。我想吃炸牛腰、鱼子酱、苹果馅儿饼。再来点欧洲奶油草莓。实在不好意思，点了这么多东西。"她微笑着用询问的目光看着他。

"主人请客人点菜，那是天经地义的事。再说了，你点的这些菜还算不上是美味佳肴，只是营养价值实惠一些罢了，所以你用不着那么客气。"

"再来几片面包。"他转向餐厅侍者吩咐道。

"这里的鱼子酱分量通常很足，"他向琳达解释道，"但往往佐食的面包片不够多，所以得多要一些。"

"好，先这样吧。"他的视线重新回到菜单上，接着又对侍者吩咐道："我将先陪这位小姐吃鱼子酱，但是鱼子酱吃完以后，再给我加一块很小的腓力牛排，给我做嫩一点，再在上面抹上鸡蛋黄油调味汁。还有，再要一份点心，就要西印度群岛的紫梨吧，在上面涂些法国调料。这些东西你们这儿都有供应吧？"

餐厅领班连连鞠躬点头表示这些东西全部都有供应。

"多谢你们的光顾，小姐和先生。"他转向倒酒的服务员，把他们俩刚才点的菜名重复了一遍。

"请点一些佐食酒。"倒酒员又把皮制酒单递了过来。

"假如你赞成的话，"邦德说，"我今天晚上倒是很乐意陪你喝香槟，一方面是今天令人愉快，另一方面是现在正合时宜。"

"那好，我喜欢喝香槟。"她说。

邦德把手指向皮制酒单对着倒酒员说："这个，是吗？""是的，先生，这是一种上等的红酒。"倒酒员说。"但是先生，你将会发现，"他用一支铅笔指着酒单说，"与'廷格'酒有着相同商标的'布兰克'酒是无可匹敌的。"邦德笑着说："那我们就要这种酒吧。"

"虽然这种酒不是什么名牌，"邦德对琳达小姐解释道，"但它的确是上乘的香槟，可以算得上是酒中的珍品。"突然，他觉得自己的这番话有吹嘘的意味，因而他感到十分好笑。

"请原谅，"他说，"对今天的吃喝我有着一种非常莫名其妙的兴奋感。我想这种兴奋绝大部分是由于我还是一个单身汉，但最主要的原因还在于我生性挑剔，吹毛求疵，就像一个老处女一样。每每在我执行任务的时候，我常常一个人就餐，假如什么人被我弄得陷进了困境，那么这顿饭我吃得就更有劲了。"琳达朝他笑了笑。

"你的这种做法我很欣赏。凡事做到尽善尽美、有条不紊，这也是我一向的做事原则。我想这大概就是我的生活方式。我这样说话，你不会觉得书生气太浓了吧？"她略带歉意地说道。

很快，伏特加酒端上来了，小小的酒瓶被放在盛着许多碎冰块的碗里，邦德拿了两只杯子，将伏特加倒入里面。

"哪儿的话，你的观点我非常同意。"邦德说，"那么，干杯吧，维纳斯，为了今晚的幸福。"

"好，"琳达轻声回答道，她举起小酒杯，直直地看着邦德的眼睛，目光里带着一种好奇。"我希望今天晚上一切顺利。"

她在说这话时，邦德好像感觉到，她的双肩迅速地耸了一下。接着，她有些感情冲动地靠向邦德。

"我告诉你一个情况,是马西斯带过来的。他本来很想亲自告诉你,但他抽不开身,所以只好由我来向你转达。是关于中午那件炸弹的事,特别离奇呢。"

第九章
传 授 技 艺

邦德朝四周瞧了瞧，确信他们之间的谈话不可能被第三者偷听到，再说厨房里还在等着烧热鱼子酱呢。

"快告诉我吧！"他的双眼里露出了急切想知道的神态。

"在通往巴黎的路上他们抓获了第三个巴尔干人。那个巴尔干人驾着一辆汽车，收留了两个免费搭乘的英国人，把他们当作自己的保护伞。当他把车子开到一个路障时，这个家伙很沮丧地发现路障那儿有人要检查每一个经过的人的身份证。于是，他拔出枪，把摩托车上的一个巡逻兵击倒了，但他还是被另一个巡逻兵抓住了。我还不太清楚详细的情况，但确信他确实已被警方拿获，并且警方还阻止了他自杀的企图。他被他们带到了鲁昂，把他的话套了出来，我想肯定是用通常的老式的法国拷问方式叫他开口的。"

"很明显，这几个巴尔干人服务于法国的一个联营组织，这个组织专门搞破坏，干一些谋财害命的勾当。其他内容已经被马西斯的朋友们设法问出来了。如果把你杀死，两百万法郎的赏金将会落进他们的腰包。指使这几个巴尔干人进行这次行动的那个头目对他们说，假如按照他的命令，他们不折不扣地进行这次行动的话，那么他们是绝对不会被抓住的。"

琳达呷了一小口伏特加，接着说："你所看见的那两只颜色非常醒目的摄影机盒子，是为了他们在行动时看得更清楚些。那个头目告诉他们，那只红色盒子里放的是炸弹，而蓝色盒子里则放有一颗威力很大的烟幕弹。当他们中的一个人把红色盒子扔出去的时候，另外一个人将会快速按下蓝色盒子上的按钮，即可放出烟幕，在烟幕的掩护下，他们就可以逃走。但事实上，能使他们逃走的那颗烟幕弹是假的，在两只盒子里放的都是那种爆炸力很强的炸弹。蓝色和红色盒子里装的东西并没有任何区别。他们是想一点痕迹不留地把你和那两个扔炸弹的人炸死。对于逃跑的第三个巴尔干人，他们将会使用另一套灭口的办法。"

"继续说。"对于敌人的这种手法，邦德似乎非常感兴趣。

"显然，这个主意得到了这两个巴尔干人的认同，但是为了谨慎起见，他们决定不去冒任何危险。他们是这样认为的，先按下装有烟幕弹的蓝色盒子的开关，然后借着烟幕的掩护，再把装着炸弹的红色盒子扔向你。你中午所看到的情景就是那个假的烟幕弹盒子的按钮被那个扔炸弹的助手按了下去。当然，最后的结果是，他们俩一起被炸死了。"

第三个巴尔干人在皇家饭店的后面等候着，准备接应他的这两位同伴。当他看到所发生的一切时，便猜到事情肯定给弄砸了，于是就企图逃窜，但最终还是被抓获了。

警察拿出了那个未爆炸的红色炸弹的残片给他看，并把他们头目的如意算盘一一说给他听，他这才明白，他的两个同伴早已被炸死了。

于是，他才把一些实情招了出来。我想现在他大概还在交代情况。但是所有这一切并没有跟利弗尔有直接的关系。是利弗尔的保镖把这个任务布置给了他们并对他们下达了行动的命令。"

琳达刚刚讲完这些话，服务员便端着一大摞面包、鱼子酱以及几个小碟子走了过来。碟子里同时还盛着炒得很老的鸡蛋，切得很细的洋葱。一只碟子里菜是白色的，另一只碟子里的菜则是黄色的。他们将鱼子酱倒在各自的盘子里，一言不发地吃了一会儿。

过了一会儿邦德说："对敌人来说，这可是搬起石头往自己脚上砸呀。对那天的工作马西斯肯定非常满意，在二十四小时内他的五个对手同时失去了效用。"

邦德将他和马西斯怎样愚弄芒茨夫妇的过程告诉了琳达。

"顺便问一句，"邦德问，"这个案件怎么会把你卷进来的？你本来是属于哪个分局？"

"S站站长是我的上司，我是他的私人秘书。"琳达说，"由于这个行动计划是他拟订的，因此他要从他的分站里派一个人来插手这次行动。他把我推荐给了M局长。这看上去似乎仅仅是一种联络性的工作，所以，这个请求M局长同意了，不过他告诉S站长，对于选用女士作为助手你并不太喜欢。"稍作停顿后，她看到邦德并没有反应，便继续说道："我接受了这项任务，在巴黎遇见了马西斯，随后跟着他来到这儿。在巴黎的时候，通过一位朋友，我借到了几套像样的服装。我身上穿的这套黑丝绒晚礼服以及上午你见到我时穿的那件衬衫都是借来的，要不然我哪能和这些富人相媲美。"说着她朝餐厅挥了一下手。"尽管我干的是什么差事办公室的人并不知道，不过他们都很羡慕我的这份差事。他们所知道的仅仅是我将会与双0代号的特工一起执行任务。当然在我们的心中你是英雄，我很荣幸能与你一起工作。"

邦德皱了皱眉头。"争取得到双0代号并不是件难事，关键是你要敢于下手。还有，与其他特工有所不同的是，拥有双0代号的特工都有自己决定出击的权力。当然了，双0特工也是情报人员，服从命令是情报人员的天职。嘿，洋葱鸡蛋拌上鱼子酱的味道怎么样？"

"把这两种东西混合在一起实在是太好吃了。"琳达高兴地说，"今天的晚餐我非常喜欢。我都有一些不好意思了。"看到邦德眼中露出的冷漠表情，她收回了想要说的话。见她有点发窘，邦德便解围道："我想假如不是为了工作，我们怎么也不会到这样的饭店来品尝这些菜的。"他说。

突然，邦德意识到这种太富人情味的谈话不应该发生在他与女助手之间。现在首要的任务是工作。于是话锋一转，邦德马上说道："接下来我们该怎么办，我们得好好想想。现在我得把我要努力完成的事情先跟你说一下，以及我需要你怎样帮助我。当然我认为，不会有太多的地方需要你的帮助。"他把整个计划简略地叙述了一遍，一一列举了各种各样可能出现的情况。

第二道菜上来了，餐厅领班过来招呼着布菜。等那个领班走后，邦德一边品着那道菜，一边继续兴致勃勃地讲着他对这项任务的计划。

琳达十分认真、专注地听着邦德的叙述。邦德的严厉表情完全把她震慑住了，与此同时，她暗自思忖，S站长说得没错，此时坐在她眼前的这个人的确是一位对工作极其认真负责的人。"他是一个为了工作宁可舍身弃命的人",给她分派任务时,S站长曾这样告诉过她,"你不要把这件事当成是一件玩笑事。当执行任务时,除了思考手里的工作,他什么也不会考虑。他也是一个特工专家,因此不可能对其他东西产生兴趣。他是一个英俊潇洒的家伙,但是不要试图去爱上他。他有些缺乏人情味,至少我是这么认为的。那好吧,祝你好运,但愿不要遇到什么麻烦。"

所有这些对琳达来说都是一种挑战。她能够感觉到邦德已经被自己的魅力吸引住了,并且对她产生了兴趣,其实琳达对此兴奋极了。但出乎她的意料,几句平常不过的倾慕对方的话刚刚讲出来,邦德便突然变得冷若冰霜。热情被残酷无情地赶走了,对邦德来说,仿佛热情是毒药一样。她感觉他伤害和愚弄了她的自尊心。她暗自下决心,这样的错误以后不能再犯。

邦德开始对巴卡拉牌的打法作解释,"这和其他赌博差不多。在取胜的机会上,庄家和闲家基本上是相同的。对双方来说哪怕是一分那都是关键性的,不是被庄家打败,就是打败闲家。"

"根据我们的了解,就像我们所知道的一样,埃及一家公司在这儿经营高额赌注生意,今天晚上,利弗尔将会从那儿把这台巴卡拉的做庄权买下,为此他花了一百万法郎。现在他那里还剩下二千四百万法郎左右。我现在的钱数跟他一样多。我估计将会有十个闲家参加这场赌博,他们会团团围坐在椭圆形台面的四周。"

"一般情况下,闲家会被分成左右两列,庄家跟左列或右列轮番比点数。在这种赌博中,双方场面的互相争斗以及一流的计算方法将会使庄家取得胜利。但是足够的巴卡拉闲家，在目前的矿泉王城俱乐部还没有那么多，所以每次玩巴卡拉，利弗尔都只能与所有的闲家比点子大小。按照这种打法，对于庄家来说获得胜利的把握并不大，因为大点子牌不可能常常拿到的。不过取胜的希望他还是占有一点的，况且，赌注的多少还被他控制，这个条件对他很有利。"

"巴卡拉开局时，庄家坐在赌桌中间，赌场里的记账员先洗牌，把每一局赌注的数目向大家宣布。一个管理员常常是每盘赌博的仲裁员。我将尽量坐在利弗尔的正对面。

"在他的前面会放一个精致的金属质地的盘子，六副洗好的牌在上面放着。牌会由记账员洗好，由一个闲家把它们切好，然后装进放在牌桌上的金属盘子里，整个过程大家都能看得到。牌我们已经检查过了，它们完全没有可疑的地方。试图在全部牌上做标记当然是有作用的，但这样做可能性极小，除非你和记账员里应外合。不管事态如何发展，这一点，是我们必须警惕的。"

邦德喝了一大口香槟，继续说道："开局以后，庄家就会宣布，开局的赌注是四百英镑，或者五十万法郎。从庄家的右边开始给每个座位编号，在庄家旁边坐着的打牌者编号是1，如果他表示应战，他就会把他的那堆钱推到赌桌上；假如他觉得赌注太大，不想接受的话，那么他就会叫一声'不跟'。接着，轮到第2号应战了，如果第2号也拒绝了，第3号便可以应战，以此类推，这样的顺序会在桌旁循环往复。假如庄家下的赌注太大，一家闲家会难以抗衡，这样几家闲家可以联合起来，凑到足够的资金，共同来对付庄家。"

"不过一般来说，下五十万法郎的赌注不算大，很快就能被闲家接受，但是如果赌注加到一两百万法郎的时候，单独的应战者一般就不容易找到了。这时，我就会趁机出击，必须单独应战，把利弗尔打败。当然这并非一件简单的事情，而且风险非常大。但是最终，我们之间肯定会有一方打败另一方的。"

"在赌博中，利弗尔作为一个庄家，肯定会占有一点优势；但如果我下定决心和他拼战到底，假如我的丰厚资金能够使他产生不安的话，那么我认为，我们俩的实力是均等的。"

这时，服务员送来了草莓和紫梨，邦德停顿了一会儿。

他们默默无言地吃了一会儿。当服务员将咖啡摆在他们的桌子上时，他们已经开始把话题转到其他事情上了。他们俩抽着烟，谁也没喝白兰地或味道浓烈的甜酒。最后，邦德感到是时候对这次玩巴卡拉牌赌博的具体技巧做个解释了。

"其实，玩这种牌很简单的。"他说，"如果你以前玩过二十一点的话，那么你马上就会玩巴卡拉了。打二十一点时，最终的目的就是从庄家的手里拿到比你的手里更接近二十一点的牌。而巴卡拉也是这个玩法。庄家和闲家都可以预先分到两张牌；假如双方都没有分出输赢的话，那么将会给各方再补一张牌，这样做的目标就是使手中所拿的牌的总数加起来为九点，或者是尽可能地使它们接近九点。十以及 J、Q、K 这样的花牌是不能算的；在这儿 A 当作一，剩下的牌按照其上面的数字来计算点数，在计算数字的时候只有尾数才能用，所以，九加七的结果是六，而不是十六。总而言之，赢家的牌点数必须是接近九的数字。"

琳达听得津津有味，邦德脸上那种神秘的表情使得她全神贯注。

"好。"邦德继续往下说，"庄家发给我的两张牌，假如它们加在一块得到的数字是八或者九的话，这就叫作天生大牌。假如庄家的牌没有我的好，那么这一局我就赢了。然而事实上，得到这种大牌的概率是少之又少的，一般情况下两张牌的总数都小于九。因此必须要根据实际、具体的情况采取对策。假如我没有补到十分有把握的好牌，举例说补到的牌仅仅是七点或六点，那么有可能我会要求再补一张牌，或许不要求再补了；如果手里的牌加起来总数只有五点，或者还不到五点的话，那么我肯定会要求再给我补一张。这种赌博的关键点就是五点。如果你手上的牌是五点的话，依据纸牌的规律来看，再补一张牌的话，它的点数将会增加或减小的机会是均等的。当我拍拍我手里的牌表示停牌，或者我要求补牌时，庄家一定会在心里估计我手里的牌点数，与此同时，他也在为自己确定战略。假如天生大牌被他抓了的话，那么他立刻就可以把牌亮出来，获取胜利。否则，他所面临的问题将会和我一样。不过，通过我的行动他可以决定是否补牌，在这点上他的确占了很多优势。假如我没有要求补牌，他可以马上断定我手中的牌点数在六点以上；假如我补了牌，他便会知道我手中的牌点超不过六点。而且，我所补的那张牌的牌面要朝上放，他看看这张补牌的点数，判断一下牌势，就会做出是停牌还是补牌的决定。"

"所以，他比我更占有上风的优势，借这个优势，他会决定是补牌还是停牌。当然参加这种纸牌赌博的人都会面对这样一个问题：当手上拥有的牌是五点时，你想停牌呢，还是想补牌？假如你的对手手里的牌也是五点的话，那么他会想什么办法呢？通常遇到这种情况时，一些闲家总是要补牌，而另外一些闲家总是停牌。我呢，只是凭我的直觉行事。"

"不过最终，"邦德把香烟捻灭，叫餐厅服务员过来结账，"得到天生大牌八点或九点是举足轻重的。因而为了取胜，这样的大牌我必须多拿到几张才好。"

第十章
战 前 准 备

讲完了巴卡拉牌赌博的过程，对即将来临的战斗，邦德已经提前进入了自己的角色。兴奋的光芒再次洋溢在他的脸上。最终把利弗尔击败的希望激励着他，使他热血沸腾。似乎刚刚出现在他们之间的短暂冷漠，已经被他遗忘了。看着他又说又笑的样子，琳达高兴地松了一口气。

邦德结了这顿饭钱，并给了领班一笔数额可观的小费。琳达从椅子上站了起来，二人从餐厅走了出去，顺着饭店的台阶漫步来到大门外面。

门外，一辆宽大的宾利轿车早已恭候多时了。邦德请琳达先上了车，然后自己再坐进车里。邦德将车子开到俱乐部门前，找了一个靠门口较近的地方停了下来。当他们从那富丽堂皇的接待室穿过时，他一言不发。琳达看着他，发现邦德的鼻孔微微张开，他镇定而有信心地跟赌场的工作人员打着招呼。站在赌场大厅门边的工作人员，没有要求他们出示赌场会员证。每次都下高额的赌注已使邦德成为这里很受欢迎的一个顾客，陪在他身边的人也都跟着沾了光。

他们刚刚跨进赌场的正厅，坐在一张轮盘赌桌旁的费利克斯·莱特就走了过来，向邦德打招呼，好像他们彼此已是相处很久的老朋友一样。邦德向琳达介绍了他，费利克斯和琳达寒暄了几句，然后说道："这样，既然今天晚上你打'巴卡拉'牌，那么琳达小姐，就让我来教她怎么玩轮盘赌吧。我已经选好了三个马上就会带来好运气的数字，我想好运气也会降临到琳达小姐身上的。然后，等你的赌博进入高潮的时候，或许我们会过来为你呐喊助威。"

邦德用询问的目光看着琳达。

"嗯，这样安排，我倒很乐意。"她说，"不过，玩轮盘赌的吉祥数字你能教我一个吗？"

"我并没有什么吉祥的数字，"邦德一脸认真地说，"我只是在胜券在握，或者基本有把握去赢的情况下去赌。就这样，我要和你们先分手一会儿了。"他表示出很抱歉的样子。"跟我的朋友费利克斯·莱特一起去玩，你肯定会成为一个赌博高手的。"

邦德朝他俩微微笑了一下，然后迈着稳健的步伐朝赌场收款处走去。

他的冷淡，莱特也有所察觉了。

"琳达小姐，邦德是一个极其认真的赌博者。"莱特解释道，"他必须这样，我想。那么，现在请跟我来吧，看看我的超感官知觉是怎样征服17号的。你将会有一个新的发现，只要有了这种超感官的知觉，你就能够轻易地赢到很多钱。"

邦德为自己能够清除私心杂念，再次单独行动，把所有的注意力都集中到目前要完成的任务上而彻底地松了一口气。他站在收款台的旁边，用那天下午收款员给他开的收据把两千四百万法郎取了出来。

他把这些钞票分成相同的两叠，分别装入左右两个衣袋里。然后他慢慢穿过摆放得有些拥挤的桌子，走到赌室大厅。在那儿，铜栏杆的后面放着一张宽大的巴卡拉牌桌。

赌桌旁边已经坐了很多人，牌面向下，在桌上散开放着。牌的顺序在记账员洗过后就被打乱了。洗牌是赌场里防止作弊的最有效的方法。

领班把用天鹅绒包着的链条拿开，让邦德穿过铜栏杆，走向入口。领班殷勤地说："按照您的吩咐，邦德先生，我为您留了6号座位。"邦德走到栏杆里面，一位女服务员马上为他拖出椅子。他向坐在赌桌左右两边的闲家点了点头，然后坐了下来。

邦德把黑色打火机和宽宽的烟盒掏出来，把它们放在右胳膊肘边上的绿色呢台面上。女服务员立刻把一只厚厚的玻璃烟灰缸用一块布擦了擦，然后把它放在烟盒和打火机旁。邦德点燃了一支香烟，仰头靠在椅背上。

邦德对面的那把庄家椅子还空着。他朝桌子四周瞥了一下，在座的大多数赌友都很面熟，但能叫出名字来的却寥寥无几。坐在他右手边的7号座位的是西克特先生，此人是一个富有的巴尔干人，他在刚果做金属生意。9号位子上坐的是丹费斯勋爵，尽管样子显得软弱无能，但却是一位知名人物，大概他手中的法郎都是由他那富有的美国太太提供的。他的太太在3号位上坐着，是一个中年女人，长着梭子鱼般的贪婪嘴巴。邦德心里很清楚，一旦输钱，这对夫妇马上就会告退。在庄家右边的1号位是一个非常有名的希腊赌徒，以邦德以往的经验推断，就像地中海东部的一些富翁一样，他拥有一个非常赚钱的船队。

他打牌的时候总是很有计谋，很冷漠，是个意志比较坚定的人。

邦德向服务员要了一张卡，看着被他们挑剩下的号码2，4，5，8，10，在这些数字下面画了一个很漂亮的问号，然后把卡片递给服务员，叫他拿给领班。

很快，服务员就把卡片送了回来，并把所有的人名都填在了号码上。

2号的位子仍然空着，这应该是留给卡梅尔·德莱恩的。她是一名美国籍电影明星，靠三个前夫提供的离婚赡养费生活。邦德心想，现在在皇家饭店陪伴着她的那个人一定正在拼命地追求她。她天生乐观，打牌时总是装模作样，表现得愉快的样子，好像因此便能交上好运。

4号与5号的座位是杜庞先生和他的夫人，他们显得非常富有。邦德暗自揣摩，在赌场上他们决非等闲之辈。看着他们俩彼此轻松愉快交谈的样子，好像这个高额赌场就是他们的家一样。邦德很愿意让他们坐在自己身边。他想，假如庄家下的赌注金额过高，他或许能和杜庞或者在他右边坐的西克特先生合作，共同承担这笔赌金。

坐在8号位的是印度的一个小小的土邦主，说不定他是靠在战争时所赚到的所有英币来赌博的。邦德的很多经验告诉他，亚洲人很少出现富有胆识的赌博能手，就算是那些爱自吹自擂的华人，在连连输牌的状态下也会失掉信心。但是也许这个土邦主在这种纸牌赌博中会坚持很长时间。只要是慢慢地输掉大笔的钱，他就会顶住。

10号位是一位年轻的来自意大利的阔佬，别人都称他为托梅利先生。他在米兰有几十幢公寓向外出租，赚了很多和地产年产值相等的租金。他赌博时很有冒险精神，不大用计谋。有时这位阔佬还发脾气，变得很不耐烦。

邦德刚刚逐个揣摩完赌桌旁的闲家，便看见从铜栏杆的入口处，利弗尔一言不发地走进来。他向着这些闲家僵笑了一下，以表示欢迎，然后在正对着邦德的庄家椅子上径自坐下来。

他动作迅速，用非常简捷的方法把放在他面前的六副牌逐一切了一遍。然后，记账员再按顺序把这六副切好的牌装进那只金属盘子里。只见这时，利弗尔悄悄地对记账员说了些什么。

"女士们，先生们，现在开局。第一局，庄家下五十万法郎的赌注。"话音一落，坐在 1 号位上的希腊船王拍拍他前面放的一堆筹码说道："让我来试试。"

利弗尔俯身看着金属盘子，认真地猛拍了一下盘子，那些牌便一齐沉入盘底，轻轻地拍动着牌墩。牌便从金属盘子的铅质斜口处一张张地溜了出来。他老练地用手压住缝口，把第一张牌发到希腊船王手中。然后给自己抽了一张牌，又抽了一张发给希腊船王，接着又抽了一张留给自己。

牌发完后，利弗尔一动不动地坐着，他不去碰自己的牌，却看着希腊船王的脸。

记账员拿起一把像瓦工用的长泥刀一样的木制扁平勺，小心翼翼地把希腊船王的两张牌铲起来，在右边的几英寸的地方快速敏捷地把它们放下。这样，这两张牌恰好放在了希腊船王那苍白多毛的双手前面。他的双手一动不动地放在那里，就像两只谨慎的粉红色螃蟹在桌上放着一样。

两只粉红色螃蟹立刻出动，一下子把这两张牌按住，紧紧地攥在手中。希腊船王小心谨慎地低下头，先看清了手中牌的花色，随后，移动了一下指甲，最后看清了纸牌边上的点数。

他的脸上木然而无表情，他把手掌放平，把牌背朝上放在赌桌上，没有公布牌的点数。

接着他抬起头，盯着利弗尔的眼睛。

"不用补牌。"希腊船王直截了当地说。

从他决定在两张牌上停下，不需要补另一张牌的状况来看，显然，这位希腊船王手上牌的点数是五、六，或者七。而庄家必须翻出点数为八或者九的牌，才能获胜，假如此时庄家手中的牌点数还不到这个点数，那么他还可以补一张牌，这张牌可能有助于他取胜，也有可能对他不利。

利弗尔双手在胸前抱紧，此时牌就在离他有三四英寸远的地方。他用右手把那两张牌拿起来，仅仅瞥了一眼，他便将这两张牌翻过来放在桌上。

这两张牌点数分别是四和五，天生大牌。

这一局他赢了。

"庄家是九点。"记账员不动声色地说，接着用刮铲把希腊船王的那两张牌翻过来。"七点。"他一边平静地说着，一边把那两张负牌——一张 Q 和一张梅花七——放到桌子中的宽槽里面。这个宽槽所通向的地方是一个巨大的金属罐子，那里边存着所有被打过的牌。紧接着，利弗尔的那两张牌也被塞了进去。

希腊船王把他的筹码推到桌子前面，那是十五枚面值十万法郎的筹码，五枚筹码被记账员放在桌子中央，然后他把利弗尔的五十万筹码也堆了上去。利弗尔旁边的几个小筹码被记账员塞进桌上的槽子里。槽子下面放着一只钱箱，是赌场专门用来装抽头的。

然后记账员郑重地宣布："下一局庄家下的赌注是一百万法郎。"

"跟进。"希腊人嘴里咕哝道。这话的意思分明是，他还想继续赌下去以试图把他输的赌注捞回来。

邦德在椅子里坐好，他点燃一支香烟，兴致盎然地观看赌局的发展。

此时希腊船王补了第三张牌，但是三张牌加起来总共才四点，而庄家却有七点，他只好认输。

"下一局的赌注是二百万法郎。"记账员说道。

坐在邦德左面的这位闲家沉默不言。

"我奉陪。"邦德大声应道。

第十一章
落 花 流 水

听到应战的声音，利弗尔满不在意地扫了邦德一眼，他眼睛里充满血丝，两眼的目光却显得更加冷酷无情。他把一只肥厚多毛的手慢慢从桌上抬起，伸进晚礼服的口袋里，从里面掏出来一只带着帽的小金属圆筒。然后用空着的另一只手把筒帽旋开，把圆筒靠近鼻子凑在鼻孔上，带着一种让人憎恶的神情，狠狠地吸了几次。显然，金属圆筒里装的是兴奋剂之类提神的东西。

他不急不忙地把小圆筒放进口袋，接着很快将手转放到桌上，像前一局一样，猛地拍了一下金属盘子。

邦德一直在冷眼旁观利弗尔这番装腔作势的表演。利弗尔脸色发白，脸庞宽大，一撮短而竖起的棕色头发在头上堆着，下巴上挂着一张潮湿的嘴唇，紧绷绷的，没有一点笑容，一件肥大的晚礼服宽松地披在那宽宽的双肩上。

邦德表现得从容不迫。他从衣袋里摸出来一大沓钞票，连清点都不清点一下就扔在了赌台上。假如这局他输了，那么记账员就将从这叠钱中抽出与赌注等额的钞票。他的这种毫不在意的姿势表明，他并不认为自己会输，与之相反，是极有信心的胜券在握。在所有供邦德支配的大笔资金中，这笔钱只是象征性的一小部分而已。

这两个赌者之间的紧张气氛，其他闲家分明也感觉到了。当四张牌被利弗尔用手从盘子口抖出时，赌台四周一片沉寂。

记账员将两张牌用铲尖推给邦德。此时此刻，依旧盯着利弗尔双眼的邦德，右手向前伸出了几英寸，紧紧捏住那两张纸牌，极其迅速地向下瞥了一眼，然后他无动于衷地再次抬起头看着利弗尔，看他没有丝毫反应，便将牌用一种轻视的姿势猛地翻过来，摊在赌桌上。

这两张牌牌点分别是四与五，正好是天生的大牌。一阵轻微的、羡慕的赞叹声从桌旁传来。在邦德左边就座的杜庞夫妇相互交换着后悔的眼光，两百万法郎的赌注他们没有接受，这时也只能后悔了。

利弗尔轻微地耸耸肩，将视线慢慢转向自己抽得的两张牌，随后迅速用手指甲将那两张牌挑了起来，两张无用的J赫然摆在了面前。

"天生大牌。"赌场记账员一边喊一边把堆在桌子中央的一大堆筹码铲向邦德。

开战告捷。邦德心里非常振奋，但脸上没有流露出半点得意的表情。这第一局的成功让邦德感到非常高兴，尤其是坐在桌子对面的利弗尔的沉默更让他觉得愉快。

在他左边坐着的杜庞太太转向他，带着一脸苦笑说："这个机会我是不应该让给你的。"她说，"本来这两张牌是直接发给我的，可当时我却没有接受。"

"这只不过是个开始而已。"邦德说，"机会对您来说有的是。"

杜庞先生从他太太身旁的另一侧倾身向前，"假如每盘都能够判断准确的话，那我们也不会来这里了。"他很有哲理地说。

"我是会来的。"他的妻子对他的话并不以为然,"你不要认为,我只是为了娱乐才玩牌的。"

赌博在继续进行。围在栏杆周围观看的人越来越多。邦德突然间发现,随身保护利弗尔的那两个保镖已经到达现场,在他们的主子后面一左一右站着,衣着打扮看上去倒也十分体面。

在利弗尔右侧站着的那个家伙个子非常高,身穿晚礼服,脸色灰白,显得十分呆板、严肃,但是却有双咄咄逼人的眼睛,两条长腿在一直不停地晃动,两只手在铜栏杆上不断地变换着姿势。邦德心里很清楚,这种人一向心狠手辣,杀人从来不眨眼睛,就像《老鼠和人》那本书中德伦尼那样冷酷无情。但是德伦尼不是因为幼稚无知而没有人性,是因为他被注射了药物才产生了那种结果。邦德心想,这个家伙肯定是吸食了大麻,才会变成这个样子的。

另一个家伙则很像一个来自科西嘉的商店营业员。他个子很矮,而且皮肤很黑,厚厚的油发覆盖在扁扁的头上。看上去他好像是一个跛子,在他身旁的栏杆上挂着一根带有橡皮套的粗实的手杖。邦德心里想,他肯定事先询问了赌场并得到了同意才把那根手杖带进来的。为了防止出现暴力行为,带棍棒和其他武器进入赌室是严格禁止的。他吃得一定非常好,长得也非常健壮。他半张着嘴,露出长得参差不齐、很难看的牙齿。嘴上覆盖着一撮又浓又密的黑胡须,一双长满了黑毛的手放在栏杆上。邦德暗自想,说不定他那矮墩墩的身体上也长满了毛。

纸牌赌博继续平淡无奇地进行着。每局的赌注都在成倍地增加。有经验的赌客都很清楚,通常在"十一点"与巴卡拉牌中,第三局被叫作"坚固的障碍"。假如你运气好的话，那么可以在第一局和第二局中获取胜利，但是，灾难性的结果通常在第三局来临。到了这一局，你可能会发现自己一局接着一局地败下阵来。在这一局，任何人也不敢轻易地下赌注，对庄家来说这种情形似乎很不利。大概两小时之后，赌金上升到了一千万法郎时，一种对庄家不利的、不可抗拒的、稳定的渗透现象出现了。邦德并不清楚在前两天的赌博中利弗尔赚了多少钱，他估计利弗尔可能赢了五百万，算上今天晚上还剩下的那些钱，他的赌本大约不会多过两千万法郎。

事实上，在那天下午利弗尔输得十分惨。此时此刻，他的兜里只剩下了一千万法郎。

他们围着高桌安静地赌着。与此形成鲜明对比的是，不时从其他的赌桌传来嗡嗡声，还有轮盘赌，"三十到四十""十一点"赌博时的叫喊声，记账员清晰的叫声夹杂在其间，大笑声和兴奋的叹息声不时从大厅的各个角落传来。

在赌场的什么地方，还有一个抽头机在嗒嗒作响。随着纸牌的每局结束和轮盘的每次转动，百分之一的小小的筹码落入了事先预备好的抽头机的钱箱中。

坐在高桌旁的邦德看了看赌场的大钟，已经指到一点十分了。巴卡拉赌台边围坐的人们依然是文文静静，但是邦德很清楚已到了这台赌赛的重要关头了。

坐在1号位置的希腊船王仍旧处在不利地位，第一局当中他输了五十万法郎，接着第二局又输了，他没接受第三次，放弃了两百万法郎的赌本。在2号座位就座的卡梅尔·德莱恩一开始就选择弃权，3

号座的丹弗斯太太也不敢应战。

杜庞夫妇相互看了一眼。"跟进。"杜庞太太喊道。很快，杜庞太太在庄家的八点牌上输掉了。"庄家赢了两百万法郎，下一局的赌注是四百万法郎。"记账员说。"跟进。"邦德一边说着，一边掏出一沓钞票。

他再一次仔仔细细地观察着利弗尔的一举一动，发现他只是把手里的那两张牌草率地看了一眼就放下了。

"不用补牌。"邦德似乎横下心来。他手里的牌是勉强够格的五点，形势非常危险。利弗尔手里的牌是一张四，一张 J，他拍了拍盘子，又从中抽了一张三，然后亮出牌来。

"庄家的牌点是七点。"记账员说，"你的牌点是五点。"当他将邦德的牌从桌子上翻过来时，补充了一句。他把邦德的钱铲过来，从中抽出四百万法郎，将其余的钱还给邦德。"下一局的赌注是八百万法郎。"

"跟进。"邦德丝毫没有犹豫地应道。

这一次，天生大牌九点落进利弗尔手中，邦德被利弗尔轻而易举地打败了。仅仅两局邦德就输了一千二百万法郎。现在他身上只剩下一千六百万法郎了，刚好是下一轮的赌金。

邦德突然间感觉到他的手心不断冒汗。就像阳光下快速融化的积雪一样，很快，他的赌本就没有了。利弗尔用右手轻轻地敲击着桌子，脸上带着胜利者的得意。

邦德发现这家伙正在偷偷打量自己，一种讥讽的神情从那眼神里流露出来。"你想彻底被我打败吗？"这双眼睛似乎在问。

　　记账员宣布赌注的话刚刚落下，邦德便不动声色地应道："跟进。"他从右手边的口袋里掏出来一些钞票和筹码，又从左边的口袋里掏出整叠钞票，然后把这些钱和筹码统统推到桌子前。他做这个动作是想向大家表明，这一点儿也不意味着这些钱是他的最后赌金。突然间，他感觉到嘴唇变得像墙纸那样干燥。抬起头来，他看见费利克斯·莱特和琳达站在他对面利弗尔的那两个保镖所站的地方，他们站在那里有多长时间了他并不知道。莱特看上去有些焦急，但是他一旁的琳达，脸上却带着鼓励的微笑看着他。

　　他突然听到一阵轻微的响声从身后的栏杆发出来，转过头一看，那个矮个子保镖的黑胡子下面两排难看的牙齿正心不在焉地对着他上下磨动着。

　　"赌博继续进行。"记账员平静地说。他铲起两张牌递到邦德跟前的绿色呢面台上。绿色呢面台已不再十分光滑了。厚厚的呢面台上起了一种扼制物体在上面运动的毛茸茸的东西，它的颜色就像新坟上长出的绿草一样，鲜嫩无比。

　　邦德瞧了一眼纸牌。看上去很讨人喜欢的宽大的缎子灯罩所发出的光芒似乎吸走了他手上牌的点数和色彩，迫使邦德又仔细地再看一看。

　　这次的牌简直糟糕透顶了，一张黑桃 A，一张红桃 K。黑桃 A 斜眼瞅着他，就像一只可憎的黑蜘蛛一样。

　　"补一张牌。"他说话时声音依旧十分平稳。

　　利弗尔把自己手中的那两张底牌亮开来，是一张黑桃五，一张 Q。他看了看邦德，然后从金属盘中又抽出一张牌。此刻，牌桌上静得仿佛一根针掉在地上都能听得见。他看了一眼牌，随后就迅速扔了过去。记账员用铲子把它们小心翼翼地铲起来，放到邦德的跟前。这是一张不错的牌，是一张红桃五，但这张牌对邦德来说，倒使他有些进退两难。此时他手中有六点，而利弗尔的手中是五点。但是，此刻利弗尔一定还会再补一张牌，假如这张牌的牌点小于四点，那么，这一局，利弗尔就赢定了。

邦德在心中盼望着利弗尔增补到的牌是一张大于四点的牌。这时，只看见利弗尔略微拍了拍金属盘子，从盘子的斜口中滑出一张牌。邦德死死盯住这张牌。他最不愿意看到的事情还是发生了，记账员把这张牌翻过来，居然是一张要命的四点。此时，庄家手上的牌点变成了九点。这一局利弗尔大获全胜。邦德又一次被打败了，这一次他输了个精光。

第十二章
情 急 生 智

受到打击的邦德面无表情地呆坐在位子上，一言不发。他把那个宽宽的黑色烟盒打开，从里面掏出一支香烟，狠劲地拔下"龙森"打火机上的小盖子，点着了香烟，又把打火机扔回到赌桌上。邦德深深地吸了一口烟，伴随着微弱的"哑哑"声，从牙缝中喷出烟雾来。

现在该怎么办才好？为避开马西斯、莱特以及琳达那同情怜悯的目光，最好还是先回饭店去睡觉，接着再打电话报告伦敦，乘明天的飞机打道回府，坐上出租车开往摄政公园，踏步走上楼梯，沿着大楼走廊走进 M 局长的办公室，面对 M 局长那冷酷的脸上强装出的同情，以及那类"下次再碰好运气"的话。当然，这样的机会不可能再有下一次。

他用余光扫视了一下围观的人们。他发现，这些人根本就没有去注意他，一双双眼睛都盯在赌台中那大把大把的钞票和筹码上，看记账员点着钞票和筹码，将点好的筹码整齐地堆放到庄家面前，还有就是看还有没有人敢挑战庄家的好运。

此刻，却不见了莱特的踪影。邦德暗自猜想，莱特大概是不愿看到自己被利弗尔打败后的惨相。但是，此时的琳达脸上却看不出丝毫的变化，还不时地向他投来鼓励的笑容。邦德心里很清楚，琳达并不懂赌博这个行当，因而，此刻局势的严重性她根本无法了解，也不能够理解邦德被打败的痛苦心情。

侍应生匆匆从栏杆穿过，向邦德走来。走到邦德的身边，他停下来，俯身弯下腰，把一个大信封摆放到邦德旁边的桌上。信封看起来很厚，好像一本字典那样。侍应生弯腰凑近他的耳朵向他嘀咕了几句，然后很恭敬地走开了。此刻，邦德的心里如同揣了一只兔子，"咚咚"跳个不停。他拿起那个大信封用手掂了掂，然后拿到自己就座的桌下，用拇指指甲轻轻挑开封口，摸上去有些潮湿，他这才发现封口上的糨糊像是不久前刚刚涂上的。

他简直无法相信自己的眼睛，但摆在眼前的一切却是真的，信封里面竟然塞满了厚厚的一沓钞票。

他急急忙忙将那些钞票揣进口袋里，从信封里掏出附在钞票上面的半张便笺纸，便笺上面用墨水写着一行字："马歇尔的紧急援助。三千二百万法郎赌资。美国敬赠。"

邦德强压住心头的惊喜，向琳达看去，只见莱特又站在了她的身边，并且满脸笑容。邦德马上就明白了。他也会心一笑，抬起放在桌上的手轻轻摇了摇，对莱特的雪中送炭表示感谢。然后，他慢慢地平静下来，几分钟前那种彻底绝望的感觉已经无影无踪。此时此刻的邦德跟几分钟之前的邦德简直判若两人。他重新恢复了自信，下定决心狠狠报这一箭之仇。

记账员计算赌金的任务已经完成了，邦德输掉的现金统统被他兑换成筹码，他把这些筹码整整齐齐地堆放到桌子中央，加起来的金额共是三千二百万法郎，约合三万二千英镑。邦德心想，利弗尔可能还想再打一个漂亮仗，为凑足他急需的五千万法郎再赢上个几百万，才肯离开赌桌。到明天早晨，他的财政亏空将会填补上，那样才会使自己处于安全的地位。

正如邦德估计的那样，利弗尔一点儿也没有离开牌桌的意思。不过这也让邦德的心稍微踏实了一些。现在要做的就是必须让利弗尔形成一种错觉，让他认为邦德的赌金已寥寥无几，三千二百万法郎的挑战他是绝不可能接受的。这个信封里装的是什么东西可不能让他知道。

如果被他知道此时邦德又得到了巨额赌资的话，或许他会把赌本收回，再次开始漫长的从开局的五百法郎赌注的赌博过程。

他的分析是准确无误的。利弗尔此刻还需要八百万法郎。他朝记账员点了点头。

"赌注下三千二百万法郎。"

记账员这句话刚刚喊出，牌桌上立刻响起了一阵骚动。

"赌注下三千二百万法郎。"

赌场领班把嗓门儿拉大，又自豪地把这句话喊了一遍，目的是为了引起其他赌台的赌客们的注意。

此外，这个也是最佳的广告。赌场的信誉因赌客下的赌注越多而越高。此时的这个赌注，在矿泉王城巴卡拉的历史上是空前的，在特劳维尔曾经达到过这个数字，不过那是去年的事了。

就在这时，邦德向前微微倾了倾身。

"跟进。"他十分平静地说。

一阵兴奋的嗡嗡声立刻在赌场四周响起，高额赌注的消息在赌场不胫而走，人们从四周一齐涌过来。三千二百万法郎的高额赌金！对于赌场里大多数的赌客来说，他们一生的收入或许还不及这笔钱多。大多数人倾家之产，最多也就是这个数目了。总之毋庸置疑的是，这笔钱可是一笔可观的财富。

赌场的一位董事向领班询问，领班带着歉意转向邦德。

"先生，很抱歉，确定是要下这么高的赌注吗？"

这句话意味着邦德必须拿出跟赌注对等的现钞。当然，邦德是一个非常富有的人，他们是知道的，但是这可是三千二百万法郎啊！以前在赌场曾经发生过这样的事情，有些赌客在根本没有一分钱的情况下赌博，等到最后输了却拿不出钱，最终去坐牢。

"邦德先生，很抱歉。"领班善意地又加了一句。

邦德猛地把一大沓钞票扔到面前的桌上。赌客们定睛一看，那些钞票张张都是面额十万法郎的大钞，这种最大面额的货币，是法国最新发行的。记账员连忙清点这些钞票。这时邦德发现利弗尔跟站在自己身后的矮子保镖交换了一下目光。

邦德立刻感到一阵巨大的压力落在他的脊骨上，继而一直向下压到他坐在椅子上的臀部。与此同时，一个浑厚的声音紧急地、轻轻地飘进他的右耳根："先生，这是一支枪，一支无声手枪。它能在一点声音都不发出的情况下把你的脊骨打断。你的样子看上去就如同晕过去一样，而我却能安然无恙地撤退。现在，我开始数数，在我数到十以前，把你下的赌注撤回去。你如果敢叫喊的话，我就开枪。"

声音是如此的自信，邦德相信这种人说话是向来算数的。这显然表明这些家伙会毫不犹豫地选择走极端，说明这一点的还有那根粗实的手杖。这种枪邦德非常熟悉，在这种枪的枪管里有很多柔软的橡皮障板，所有的声音都能被它们吸收掉，但是子弹却能从这些橡皮障板穿过。这种枪是在第二次世界大战中出现的，是专门为暗杀重要官员而发明和使用的。

"一。"这个声音说道。

邦德把头转过去，只见那个保镖正紧紧靠着自己，浓密胡须下面的一张脸似笑非笑，好像但愿邦德能走运。在这嘈杂的人群中，他的这副脸孔一点儿也显不出异常来。

那两排变色的、难看的牙齿合在一起，从似笑非笑的嘴唇里吐出"二"来。

邦德抬起头正视着前方，他看见此刻利弗尔正在怒视自己。他在那儿等待，等待着记账员被邦德招手喊过去，或者等待随着一声尖叫，邦德突然瘫倒在椅子里，随即，脸上露出痛苦的表情。

"三。"听到这一声，邦德朝莱特和琳达瞟了一眼，他们俩正有说有笑，根本没有去注意此刻的他。笨蛋！马西斯跑哪儿去啦？他手下那些一流的特工又在哪儿呢？

"四。"赌桌四周又涌上来更多的观众。这些傻瓜，叽叽喳喳叫个不停，这儿所发生的一切，难道就没有一个人看到吗？记账员、领班还有侍者，他们也看不见吗？

"五。"记账员正在清点着桌上那堆钞票，领班面带微笑地朝邦德躬身。一旦这些赌金被数清楚了，站在身旁的领班就会郑重宣布："赌博现在开始。"那么，不管十个数字是否数完，矮个子保镖都会开枪的。

"六。"邦德心里明白，这时，他只能靠自己救自己了。他把双手悄悄地移到桌边，抓住桌子，身体尽量向前倾，臀部慢慢向椅子后面移动，他感到那坚硬的枪口已经抵住了他的尾骨。

"七。"领班把头转向利弗尔，扬了扬眉毛，就等着庄家朝他点头，表示他已做好准备，可以开始了。

顷刻间，邦德使出浑身力气向后转过身体。椅背在他的重力下迅速向下倒去，椅子的横杠不偏不倚地打在那根手杖上，矮个子保镖还没来得及扣动手中的扳机，那根手杖已被打落在地。

邦德双腿朝上，头朝下，倒在观众中间的地上。随着一声刺耳的爆裂声，椅背断开了。人群中爆发出惊恐的叫声。他们畏缩地纷纷朝后退着。邦德用双手代替双脚撑住自己，最后稳稳地落在地上。领班和侍者急急忙忙站起来，这一意外事故，他们必须尽快消除。

扶着铜栏杆，邦德一时显得有些迷惑、困窘。他理了理散落在额前的头发。"一时有些头昏。"他说，"没什么，没什么，可能是过于激动，过于兴奋造成的。"

人们纷纷向他投来同情的眼光。自然，这场巨额赌博不能进行下去了，他们对此倍感遗憾。这位先生是把赌注抽回来，准备回旅馆呢，还是打发人去请医生来给他瞧病呢？

邦德摇了摇头，表示现在他已经完全好了。他向赌桌上的庄家和闲家表示了歉意。

侍应生重新给他端来了一把新椅子，邦德重新坐在椅子上。他抬起眼来打量了一下庄家位子上的利弗尔，发现他原来凶恶的脸色已变得惨白，脸上布满了惊恐的神色。

一阵对赌博的种种推测的议论声从桌子四周传来。坐在邦德两侧的邻座纷纷朝他侧过身来，关切地询问他目前的身体状况以及在这场赌博之前的休息情况。他们埋怨这里缺少新鲜空气，满屋子都是烟雾。

邦德对他们的关心一一做了礼貌的回答。他转过身审视着站在身后的人群，那两个保镖早已踪影全无。只有侍者正拿着那根手杖寻找失主。那根手杖好像没坏，只是那个橡皮套不见了踪影，邦德朝侍者点了点头。

"请你把这根手杖交给那位先生，"他指着一旁站着的莱特，"他会把这个手杖交还给它的主人的。这根手杖是他的一位熟人落在这儿的。"

侍应生弯腰朝邦德鞠了个躬，表示感谢。邦德有些得意地想，只要莱特稍作检查，就会明白为什么在大庭广众之下，他刚才会做出这样令人摸不着头脑的表演。他转身面对牌桌坐好，拍了拍他眼前的绿色呢子台面，向众人表明他已做好了准备，赌博可以正式开战了。

第十三章
破 釜 沉 舟

"赌博继续进行。"领班面无表情地宣布,"赌注是三千二百万法郎。"

观众从四周一齐涌了上来。利弗尔用他平平的手掌拍着金属盘子,发出阵阵响声。

他最先表现出若有所思的样子,随后又把那个金属圆筒掏了出来,凑近吸了吸。"真让人恶心。"坐在邦德左边的杜庞太太说道。

此时此刻,邦德十分清醒。他巧妙地躲开了一次可怕的枪击。他感到腋下似乎还在流淌着因恐惧产生的汗水,但是他巧用椅子成功地挫败了敌人的阴谋。

现在,他又重新坐在椅子上,小心谨慎,为最后的搏击竭尽全力。盘子里的纸牌正在等着他,它们肯定不会让他失望的。那即将到来的场面,使他的心为此悬了起来。

此时,时钟已指向两点钟。除了这张围满人群的巴卡拉牌桌外,另外三张轮盘赌桌和三张"十一点"牌桌仍然继续进行着。

而巴卡拉牌桌却是一片寂静,只能听见邻近的赌桌传来记账员那拖长的声音:"凡是九点、买低、买单和买红的,统统赢。"

这是对利弗尔，还是对邦德的一种预告呢？

穿过绿色台面，两张牌轻轻滑向他身边。

利弗尔的身子向前倾着，就像岩石后面躲着的一条章鱼，从桌子的对面狠狠地瞪着邦德。

邦德把右手平稳地伸向那两张纸牌，想把那两张牌摸到面前。他非常期盼刚才轮盘赌台的吉祥兆头能够给他带来好运气，这次拿来的这两张牌就算不是九点，也至少是八点。他用手掌紧紧遮住那两张牌，紧咬牙关，下颌的肌肉不停地颤动。由于自卫的条件反射而全身僵直起来。

那两张牌是方块 Q 和红桃 Q。

邦德在阴影中粗略地看了看这两张牌，两张牌一个点都没有，它们加起来是个零，这是最糟糕的牌。

"补一张牌。"邦德尽量不带任何感情地说这句话。他知道此时利弗尔正用一双利剑一样的眼睛盯着自己，想从中看出端倪来。

庄家将自己的两张牌慢慢翻过来。

他的牌只有三点——一张黑桃三和一个 K。

邦德慢条斯理地喷出一团烟雾。现在，他仍然有机会取得胜利。目前，决定双方胜负的牌都在每个人即将抽取的第三张上。利弗尔拍了拍金属盘子，抖出来一张牌，那是邦德的牌。邦德的命运，此刻，正被慢慢翻过来。

这是一张九点牌，一个非常好的红桃九，在吉卜赛人的咒语中它被称作"爱与恨的暗示"，这张牌已使邦德胜券在握，但表面上他仍然丝毫不动声色。对于利弗尔来说，这张牌算不了什么，因为他还不知道此时邦德手中的底牌。他或许想，邦德刚刚拿到手里的牌也许是一点，在这种情况下，他的三张牌加起来共有十点，也就是说他拿到的是三张废牌。

也许他手里原来有二点、三点、四点，就算是有五点吧，那么现在再加上这张九，他手中的牌加起来最高点数也只不过是四。

利弗尔搜肠刮肚、绞尽脑汁，想弄清楚邦德此时的意图。在刚才，邦德得到了一张九点牌。通常情况下，他本应该把自己的底牌翻开，结束这局赌博。但是他并没有这样做。显然，那两张扣着的牌才是决定邦德点数的牌。而在利弗尔这一方，他必须拿到一张六点的牌，才能与邦德相抗衡。

利弗尔那钩形鼻子的两翼渐渐淌出汗水来了。一颗快要流到嘴角的汗珠被他那厚重的舌头灵巧地伸出来舔了去。他瞧瞧邦德手中的牌，又瞅了瞅自己的牌，再看看邦德手里的牌。最终，他耸耸肩膀，从金属盘子里给自己抖出一张牌。

他把这张牌翻过来，桌子周围的人都伸过头来。这是一张非常好的牌，是一张五。"庄家的牌点是八点。"记账员说。

邦德一言不发地坐着。突然，利弗尔咧开嘴，发出一声狼嗥似的狂笑。他以为自己必赢无疑。等候在一旁的记账员几乎有些勉强地伸出长长的掀牌杆，朝放在邦德面前的那两张牌抹来。围在赌桌旁的看客，不止一个认为，这一次邦德一定输了，并且输得很惨。牌杆把那两张粉红色的牌慢慢翻过来，快乐的皇后Q微笑着面对着众人。"九点。"围在四周的人们一下子全都愣住了。一阵巨大的喘息声从桌子四周传来，紧接着是一阵议论声。

邦德紧盯着利弗尔的双眼，只见这个不可一世的大人物瘫倒在椅子里，仿佛他的心脏被什么东西猛击了一下一样。他张大着嘴，很难受地闭了一两次。他的右手不停地抚摸着喉咙。接着，他的身体重重地倒向椅背，嘴唇变成灰白色。记账员把堆在桌子中间的一大堆筹码统统又推到邦德的面前。这时，利弗尔把手又伸进晚礼服的口袋，掏出一沓钞票往桌上一扔。记账员赶忙用手指快速清点起来。

"赌金为一千万法郎。"他郑重地宣布，然后又从邦德的那堆筹码中拿出来一千万法郎，往桌子中央一堆。

邦德心想：这应该是最后的决战了。利弗尔已经到了走投无路的地步，这一千万法郎应该是他最后的赌资了，此时的他正处于一小时之前我的境地。可是，假如他输了，我刚才那样的奇迹是不可能发生的。

邦德仰靠着椅背，点了一支香烟。他旁边的小桌子上，摆着一只玻璃杯和一瓶香槟。邦德一句话都不说，抓起桌上的香槟倒满酒杯，然后咕咚两大口就喝个精光。他将两臂弯曲放在前面的桌子上，就像摔跤或柔道运动员准备上场一样。

坐在邦德左边的闲家沉默不语。

"跟进。"邦德盯着利弗尔，平静地说道。

再次抽出两张牌来，直接放在他伸出的两臂之间的绿色呢台面上。

邦德把牌慢慢拿起来，仅仅粗略地看了一下，便把那两张牌翻过来，放在牌桌中间。

"九点。"记账员报告道。

利弗尔低下头，盯着自己的那两张黑桃 K。

"零点。"记账员小心翼翼地把堆放在桌子中间的一堆筹码推到邦德面前。

利弗尔眼巴巴地看着自己最后那一点赌资被推到了堆积在邦德左臂阴影下的筹码之中。随后，他慢吞吞地站了起来，一言未发，神情呆滞地走到栏杆的出口处。他把栏杆上的链钩拿掉，放下链子。看客们纷纷为他让开了一条路，大家都用好奇地眼光看着他，同时他们又感到很害怕，好像他身上散发着死尸的味道。最后，邦德的视野里彻底没有了他。

邦德站起身，从堆在身旁的筹码堆中捡了一枚十万法郎的筹码，扔给站在桌对面的领班，又说了几句表示热情、感谢的话，然后请记账员把他今天赢的钱存入钱柜。

其他的赌客已经纷纷离开了座位。庄家都走了，赌博也就不可能再进行了。此时，时钟已指向两点半钟。邦德向左右两边的牌友们纷纷致以感谢，并和他们告别，然后悄悄向栏杆旁走去。那里，费利克斯·莱特和琳达正在等着他。

他们跟随邦德一起走向赌场收款处。赌场董事邀请邦德到他们的私人办公室去一趟。办公室的桌子上放着他刚才赢得的一大堆筹码，他又将口袋里所剩的钱掏出放在这堆筹码中。加起来一共是七千多万法郎。

邦德从那堆钱中点出来三千二百万法郎放在一边，这是准备用来还给费利克斯·莱特的，他把剩下的四千多万法郎换成了一张支票，这样方便随时兑换成现金。赌场的董事们都非常热情地对邦德赢了这么一大笔钱表示祝贺，并希望他能乘兴玩一个通宵。

邦德推辞说自己还有其他的事要做，便告辞走了出来。他走到赌场酒吧旁，把莱特救援他的钱还给他，并对他刚才在危急关头的鼎力相助表示深深的感谢。他们俩一边喝着香槟酒，一边回忆着刚才发生的恶战。莱特从他的衣服口袋里掏出一枚45口径的子弹，把它放到桌上。

"我把那支枪交给了马西斯，"他说，"他拿去检验了。你刚才猛然倒在地上，我们都觉得十分疑惑。事情发生的时候，马西斯正带领着手下的一个人站在人群当中监视，但还是让那两个保镖逃脱了。你应该能想象到，他们把这支枪丢了，而且还没能完成任务，肯定会暗自责骂自己倒霉。马西斯把那支枪里的子弹给了我，说你脱离了那场险境，实在是万幸，因为这颗子弹是一种杀伤力非常强的软头达姆弹。但是表面上这件事和利弗尔对不上号。"

"那两个人是独自走进赌场的，并且他们出示了证件，还填写了进场许可单。那个胖胖的矮个子还被许可带着手杖进入赌场，因为他向赌场方面出示了一张战争负伤抚恤金的证明书。这两个家伙肯定接受过严格的训练。马西斯已经得到了他们的指纹，而且巴黎方面也知道了此事。因此，明天早上，我们也许会听到更多关于这件事的消息。"费利克斯·莱特弹了弹手中的香烟。"无论怎么说，虽然风险一波未平一波又起，我们还是取得了最后的胜利，这总算是令人欣慰的。"

邦德微微一笑。"那个信封真是我这一生当中收到的最美妙的礼物。我当时以为我真要完蛋了，你不知道那个滋味可真不好受啊！所谓患难见真情，真正的朋友患难的时候才能遇到。将来总有一天，我会想方设法报答你的。"说完，邦德站了起来。"我现在要立刻回饭店，把这些钱存放起来。"

他边说，边用手拍了拍口袋里的那张支票。"利弗尔丢掉了一块心头肉，他肯定不会善罢甘休的，说不准他此刻已经想好了如何来对付我了。我把它处理稳妥后，咱们一起去庆贺一下。你觉得如何？"

说完他转向琳达。自从那场赌博结束以后，她基本上没怎么说过话。

"我们一起去夜总会喝一杯香槟酒怎么样？就去那个名叫'盖伦特'的夜总会，你从酒吧里穿过去就可以到达那里，那儿可是一个十分迷人的地方。"

"我很乐意奉陪。"琳达说，"你去安顿你的钱，我回去补一下妆。一会儿我们在大厅见面。"

"费利克斯，你呢？"其实邦德非常想能跟琳达单独待在一块儿。

莱特瞅着他，猜透了他此刻的心思。

"我想在吃早餐之前休息一会儿。"他说，"今天一天已经够忙的了，说不准明天还有一些收尾工作，巴黎方面还等着我呢。这些都不需要你操心，我一个人来处理就够了。不过，现在我最好还是陪你一块走回饭店。护送宝船安全进港是此刻我必须尽的职责。"

他们俩踩着月亮投下来的斑驳阴影，朝饭店信步走去。此时已是凌晨三点钟的光景，尽管赌场的院子仍然停放着很多汽车，但四周的行人却很稀少。邦德和莱特手里紧紧握着枪，不敢有丝毫松懈。

还好，一路上还算平静，没发生什么意外的事情。

到达饭店后，莱特执意要把邦德一直安全护送到他的房间。跟邦德六个小时之前离开时一样，房间里看不出有人"造访"过的迹象。

"没有人进来过。"莱特迅速地检查后发现了这一点,"不过我可不能让这笔钱冒风险。我是不是应该留下来给你们二位保驾?你认为如何?"

"你回去休息吧。"邦德说,"不要担心我们的安全。我不往身上装钱,他们就不会对我感兴趣了。藏钱的主意我已经想好了。真的是太感谢你今天给予的帮助了。我非常盼望我们今后能再次合作。"

"我也一样。"莱特说,"而且,假如没有琳达小姐参与,那就更好不过了。"

他有些风趣地说着,从房间走出去,关上了门。

邦德转过身四处打量着这间舒适的房间。

在赌桌旁剑拔弩张地拼杀了三个小时之后,能单独休息一会儿,他觉得特别高兴。此刻,梳妆台上的发梳和床上的睡衣正向他招着手。他走进浴室,用冷水往脸上喷了喷,又用味道辛辣的漱口水漱了漱喉咙。后脑和右肩的旧伤使他感到有些隐隐作痛,但心里面却万分庆幸自己两次从死神的魔掌里逃脱了出来。与此同时,目前的形势使他不得不考虑,这次利弗尔是不会善罢甘休的,不过赶快逃走是此刻他最现实的举措了,他知道"锄奸团"组织的监视与枪口正对着他呢。

邦德耸耸肩膀,自己安慰自己,今天所承受到的喜怒哀乐已经够多的了,现在该放松一下,为这次取得的胜利好好庆祝一番。邦德盯着镜子看了好一会儿,开始琢磨起琳达的品行来。她那冷漠高傲的样子令他喜欢得不得了,想到她那双蓝色眼睛里饱含的泪水与渴望,用手轻轻抚摸她那头绸缎般的黑发,拥抱她那苗条妩媚的身体。邦德把眼睛眯了起来,望着镜子中的自己,那是一张充满了渴望的脸——渴望看到琳达的神情。

他转过脸来，把那张四千万法郎的支票从口袋里掏出来，折叠成很小的方纸块，然后打开房门，探头向走廊的两边看了看。他把房门大敞着，竖起双耳倾听着电梯声和脚步声，随后拿起一把小起子开始工作起来。

五分钟之后，他审视了一下自己刚才的杰作。又往烟盒里装进一些新烟，随后关上房门，锁好，从走廊穿过，漫步下了楼梯，走到大厅，出了转门，最后走进月色之中。

第十四章
遭 遇 陷 阱

此刻，在"盖伦特"夜总会里，大厅四周灯火辉煌，赌博的人们把几张赌桌围得水泄不通。当邦德与琳达手挽着手，从镀金台阶走过时，他突然萌生了去收款处借些钱然后在邻近的赌桌押上高额赌注的强烈念头。他知道，这样做太草率，因而他极力克制住自己。无论他能否在这里取得胜利，已经得到的幸运都将会受到冲击。

这个夜总会的酒吧狭小昏暗，房间里只点着一根蜡烛。墙壁前面的镜子上有烛光投下的柔和的光线，继而又反射过来。墙的四壁被深红色的缎布包着，窗口和椅子上用相应的红色长毛绒做佩饰。一支三人小乐队站在不远处的拐角里，他们弹着电吉他、钢琴，敲着鼓，演奏着一支叫《野玫瑰》的柔美的乐曲。魅力十足的乐曲飘浮在略带颤动的空气中。这样暧昧的气氛、这样炽热的感情冲击让邦德觉得好像每对热恋中的情侣都不由自主地在桌子下面相互抚摸起来。侍者把他们带到靠近酒吧大门的一张桌子旁。邦德要了两份炒蛋、一份咸肉和一瓶香槟。

他们俩依次坐好，沉默不语地品味着这美妙的音乐，然后，邦德转向琳达轻声道："这是多么幸福的事情，和你一同坐在这儿，有美妙的音乐伴随，享受着完成任务之后的乐趣。对于今天来说，这是最有意义的结尾了。我得到了众人所希望得到的东西。"

他等着琳达向他张开微笑的面孔，可没有想到的是，她一点也没有改变神色，只是淡然一答："是吗？"声音十分尖利，好像只是在专心欣赏音乐。她把一只胳膊肘放在桌子上，手心向下朝向桌子，用手背支撑住下巴。邦德又注意到，她撑着下巴的手关节很白，就仿佛她在紧捏着拳头一样。

她用右手的拇指、食指及中指三个手指夹着邦德递过来的一支香烟，那姿势就好像一个画家把玩着一支彩色铅笔。她吸烟时的样子显得非常沉着，但是她不断地把并没有烟灰的香烟向烟灰缸里弹着。

邦德之所以会注意到所有这些细微的动作，是因为她太让他喜欢了，他想用自己的感情和热情去影响她。然而，他获得的却是她的冷淡。他悄悄地想，也许这种冷淡，一方面是女性出于自我保护的本能，另一方面也可能是她在报复他傍晚分手时对她的冷淡。只是那个时候，他对她的冷淡态度是故意装出来的，然而她却把它当真了。

好在邦德的自身涵养还不错，琳达的这些举动他并没有在意。他一边喝着香槟，一边谈论着这一整天来接连不断发生的事件，谈论着对手利弗尔可能会得到的下场，当谈到他自己的任务时，他非常谨慎，仅仅提到伦敦方面可能已经告诉了她的问题。琳达对此只是敷衍一下了事。

她说，当时那两个保镖已经被他们认出来了，但是，当那个拿着手杖的胖矮个慢慢靠近邦德椅子时，他们怎么也没有想到胖矮个会对邦德下毒手。他们简直不敢相信自己的眼睛，在赌场里还会有人图谋不轨。在莱特和邦德离开赌场回饭店时，她给巴黎方面打了一个电话，向M局长代理报告了赌博的结果。在她赴任之前，这个上司向她叮嘱过，不论赌博出现什么样的结果，M局长都要求立刻得到消息，无论是白天或者夜晚的任何时间里。

她说完这些话，接着慢慢地喝着香槟酒，很少朝邦德看，也不怎么笑。邦德觉得有些沮丧，只好闷头喝香槟，喝完后，又向侍者要了一瓶。接着，侍者端来了炒蛋，他们一言不发地吃着。到了四点钟的时候，邦德正打算把服务员叫来结账，这时，餐厅侍者总管走到他们的桌旁，询问琳达小姐是否在这里。他把一张纸条递给她，琳达接过去，迅速地看着。

"哦，是马西斯写的。"她说。"他请我去一下大厅，他说有一个消息要给你。可能他没有穿晚礼服。我去一下马上回来，然后我们一块儿回旅馆。"

她朝邦德不自然地一笑。"今天晚上没能好好陪你，很抱歉，今天一天的事也真够让人心烦的了。"她向邦德点了点头表示歉意，随后站起身来。

邦德也马上站起来，随口答了句："没事，我来结账。"他说着，目送着她走向出口处，然后他又坐下来，点了一支香烟，觉得异常无聊，同时也感觉到身体疲惫不堪。他被整个房间里闷热的空气困扰着，就像前天早上赌场里的沉闷空气一样，他感到非常难受。他喊服务员过来结账，然后喝下了最后一口香槟。这口香槟很苦，就像许多人第一次喝香槟酒时的感觉那样。不过他倒很想瞧瞧马西斯那张兴奋无比的脸，听一听他的好消息，哪怕只听到一句他对自己祝贺的话也好。

突然，那张给琳达的纸条使他产生了怀疑。采用这种办事方式不是马西斯的一贯作风。按照常理，他应该请他们俩和他一块去赌场酒吧，或者自己来夜总会和他们俩坐在一起，而不管穿什么衣服他都可以这样做。他们将会在一块儿谈笑风生。对邦德的胜利，马西斯将会感到非常兴奋，同时他还要告诉邦德很多情况，比如，他们已经逮捕了那个逃跑的第三个巴尔干杀手，还有那个弃杖逃跑的胖胖的、矮个子的保镖以及离开赌场后利弗尔的行踪。

邦德禁不住打了个冷战，他迅速把账结好，等不及服务员找钱，就挪开椅子，急速地穿过入口处，来不及与侍者总管及看门人打一声招呼，就匆忙走了出去。

他飞速穿过赌室，朝长长的赌场大厅左右仔仔细细看了看，并没见到琳达。他有些焦躁地加快了脚步，走到衣帽间一看，只有两三个穿着晚礼服的男女和一两个官员在取东西。

没有琳达，也看不见马西斯。

邦德几乎跑了起来，他冲到出口处，焦急地看看脚下左右两边的台阶以及剩下的几辆汽车。

赌场服务员向他走来。

"先生，需要出租车吗？"

邦德向他摆摆手，然后走下台阶，黑暗中，他的双眼在仔细地搜寻。深夜的冷风吹在他冒着热汗的额头上，异常冰冷。

他刚刚下了一半的台阶，一阵微弱的呼喊声就传了过来，接着，从右边传来"砰"的一声汽车关门声以及排气管发出的一阵刺耳吼声。

只见黑暗中，一辆甲虫形状的雪铁龙轿车猛地窜到了月光下，在前院的鹅卵石上，它的前轮飞快地滚动着。汽车的尾部在轻轻摇晃，好像后座上正在发生着一场搏斗事件一样。

汽车尖叫一声，飞速地开到宽大的大门口前。从车后敞开的窗子里扔出来一个黑色的小小的东西，随即落到花圃当中。当汽车开到林荫大道，急速地向左边拐弯时，车轮子发出了与柏油路相摩擦的刺耳的声音。车速被司机推到了二挡，这辆雪铁龙汽车的排气管轰轰作响，紧接着司机猛地把车速推到了最高挡，穿过两边矗立着高楼大厦的街道，汽车朝海岸公路的方向驶去，这个时候，声音慢慢小了下来。

邦德清楚，此刻他的当务之急是找到那个从汽车上扔到花圃中的东西。他飞快地跑到花圃中，没费什么劲就找到了。是琳达的手提包。他拎起提包穿过卵石路来到灯光明亮的台阶处，翻着包里的东西，这个时候，看门人正在他附近来回走着。

邦德在包里发现了一张揉皱的纸条，上面写着：

你能来大厅一会儿吗？我把你的同伴的消息带来了。雷内·马西斯。

第十五章
生 死 追 击

这种伪造是最笨拙的。

邦德跳上那辆宾利汽车，发动汽车引擎，"呼呼"地发动机旋转了起来。那个看门人跳到一边，他结结巴巴的话语早已被汽车的吼声淹没了。汽车的后车轮在布满沙砾的路面上摩擦着，飞扬起的沙砾直接打在了邦德那熨得笔直的裤腿上。

当汽车出了大门向左拐时，邦德恨不得立即追上那辆雪铁龙汽车。

车速被他推到了最高挡，他横下心来一直向前追去。城市街道的两边不断传来排气管发出的巨大回音。

很快，他开上了海岸公路。这是一条宽广的、穿过沙丘的公路。今天早晨，他曾开车从这儿驶过，因而他知道这路的路面很好，可以清晰地看到几处拐弯的地方。他一脚踩下油门，发动机便飞速地转动起来，越来越快，汽车的车速从每小时八十公里一下子加快到九十公里。

一道白光从巨大的车灯中射出来，足足照亮了约半英里长的公路，如同在黑夜中开辟出了一条隧道。

他猜想那辆雪铁龙肯定也走这条路。他已经听见了远处排气管发出的声音。前面路上一直不间断地有汽车排出来的废气以及废气遇到冷空气后形成的水雾。

他驾驶着汽车在黑夜中疾驰，不断地加快速度。他一边注意着前方的路，一边骂着琳达，骂着为什么 M 局长非要派一个女人来执行这项任务。

这些蠢笨的女人自认为她们能承受男人的工作，这一直是他担心的事。究竟为什么这些女人不能老老实实待在家里，把精力花在做家务、打扮和聊天的事情上，把本属于男人做的工作留给男人们来做呢？现在，却发生了这样不幸的事情，而且是发生在他刚刚出色地完成了任务之后。现在琳达落入了敌人的虎口。或许敌人把她抓走，目的就是要把她作为人质以此来敲诈一大笔赎金，就像连环漫画里面描写的情景那样。这个该死的女巫！

一想到自己突然陷入了这样的困境，邦德就非常恼怒。

事情肯定是这样的，邦德判断，他们一定是想把琳达当作交易对象，逼他用那张面值四千万法郎的支票换回琳达。然而，这笔交易他不会做的，甚至连想都不敢这样想。琳达是情报局里的工作人员，这样做的严重性她应该知道。甚至他用不着去请示 M 局长。琳达只不过是被他派过来协助他完成这项任务的，这项任务要远比琳达重要得多。发生了这样的事简直是糟糕透顶了。尽管琳达是一个好姑娘，但是他不能自投敌人的罗网，落入敌人的陷阱。这可真的不行。他要想办法追上那辆雪铁龙，用枪干掉那帮人。假如在这过程中琳达被子弹击中，那么这也是没有办法的事。

他必须竭尽全力，在她被他们绑架到某一个偏僻的地方之前把她救出来。但是假如他们甩掉了他，他将开车返回饭店，蒙头睡一觉，不再去想、去议论这件事。等挨到第二天早上，他再把这件事情的经过向马西斯讲清楚，并把那张纸条拿出来作证。假如利弗尔是想用琳达作为人质跟邦德换那笔钱的话，无论如何，邦德是决不会答应的，而且琳达被绑架的事他也不会向任何人说起。那么琳达也只好去受些罪了。假如那个看门人说出了他所看到的一切情景，邦德则会以自己喝醉了酒为借口，表示琳达是跟他吵架后自己离开的。

邦德开着宾利车在海岸公路上疾驶的同时，脑子里翻来覆去思考着这些问题。车子拐了几个弯，他向前注视着行驶在通往矿泉王城俱乐部的路上的自行车或马车。前面的道路畅通笔直，那辆宾利把它十五马力的发动机发出的刺耳的高音送往夜幕上空。车速在不断地加快，时速表上的指针从一百一十公里渐渐指向一百二十公里。

他知道前面那辆车肯定不如自己的车速快。那辆雪铁龙乘着四个人，在这样的道路上最多只能把车速提到每小时九十公里。他关掉两只大灯，打开雾灯，以便看清远处的情况。没多大会儿，他清楚地看见另一辆汽车疾驶在前面一两英里的海岸公路上。

他的一只手慢慢摸到汽车仪表板下，从一个隐蔽的枪套里掏出一杆科尔特长筒的45步枪，将枪放到驾驶座旁边的椅子上。走运的话，他非常希望在与前面那辆车相距一百码时用枪击中它的油箱或轮胎。

接着，他打开汽车大灯，车子呼啸着向前方冲去。他保持着轻松、镇定的情绪。琳达的生命已经顾不上了。仪表板发出的蓝色灯光，让他的脸显得异常平静，并有些冷酷无情。

行驶在前面的那辆雪铁龙车里坐着琳达和三个男人，驾驶员是利弗尔，他那硕大的身体前倾着，双手自如地握着方向盘。旁边的副座上坐着那个胖胖的、在赌场弃杖逃跑的矮个子保镖。胖矮个的左手紧紧抓住一根粗杠杆。杠杆横放在他身边，几乎与车板平行，也许是用来调节驾驶座位的。

坐在后座的是那个个高且瘦的保镖。他朝后半躺着，身子贴在椅背上，抬头看着车顶，显然很满意汽车行驶的速度，他的一只手在身旁的琳达裸露的左腿上不断地摸来摸去。

除了双腿裸露在外面，琳达完完全全被包裹起来了。她的双臂和头被她长长的黑色天鹅绒裙子包卷起来，一直卷到头顶，还狠狠地打了个结，只在包着脸部的裙子上开了个小洞，以保证她的呼吸。所幸身体的其他部位没有被绑住。她静静地躺着，身体不时随着汽车的摆动而移动着。

利弗尔把他的注意力一部分放在前方道路上，一部分放在后视镜里逐渐逼近的邦德的那辆汽车大灯的光束上。此刻，猎人与猎物之间的距离还不到一英里，可是利弗尔看起来好像并不着急，甚至他把车速由原来的每小时八十公里减到现在的每小时六十公里。前方是一个急转弯道，他接着又降低了车速。在前面几百码的地方，有一根标杆注着前方是一个岔路口，将有一条小路横穿这条公路。

"注意了。"他严厉地对旁边的胖矮个保镖说道。

胖矮个紧握杠杆的手又加了把劲。

离前方十字路口只有一百码了，他把车速减到了每小时三十公里。从反光镜中看，邦德驾驶的汽车已经开到了急转弯处。

利弗尔咬咬牙，最终打定主意，向胖矮个下达命令。

"放下去。"

胖矮个把杠杆猛地向上一扳，汽车尾部的行李箱打开了，夜色中如同鲸鱼张开黑洞洞的大口。紧接着路面上传来一阵叮叮当当的响声，然后又是一阵有节奏感的刺耳的声音，听起来像是一根长长的链条拖在了汽车后面。

"关上。"利弗尔又一次下达命令。

胖矮个使劲压低杠杆，随着最后一阵铿锵声，刺耳的声音终于停止了。

利弗尔的目光再次投向反光镜，邦德的车刚驶过那个急弯。利弗尔突然关掉车灯，改变了行车路线，朝着左边的狭窄小道开过去。

他狠狠地踩下刹车踏板，将雪铁龙停下。车上的三个男人迅速下车，借着一大片低矮篱笆的掩护，他们急速向十字路口跑去。此时的十字路口被邦德的那辆宾利汽车的灯光照得通亮。他们每个人的手里都握着一支手枪，瘦高个的左手上还握着一枚手榴弹。

就像一辆特快列车一样，宾利汽车朝着他们呼啸着冲过来。

第十六章
沦 为 鱼 肉

邦德稳稳当当地握着汽车方向盘，随着公路的弯道和坡度，身体和双手自然地倾斜着。眼看着两辆车的距离一点点缩短，他在脑子里迅速构思着行动方案。他想到，假如前方有岔道，敌人一定会利用它想方设法摆脱自己。所以，当他拐过那个弯道、看到前面没有汽车发出灯光时，一种本能使他抬起油门踏板。当他看见那根标杆的时候，他准备踩下刹车。

当邦德驾着车驶到公路右侧隆起来的黑色土地时，他的车速降低到每小时六十公里。起初，他以为那块黑色只是路边一棵树投下的阴影。不过，就算他知道了真相，也来不及采取任何措施了。在他的车辆右侧突然出现了一块乌黑闪亮的钢板，钢板上面竖满了一排又一排的钢钉。接着，他的车就开到了钢板上面，那是敌人预先设置好的。

邦德本能地拼命去踩刹车，竭尽全身气力抱住汽车的方向盘，防止汽车向左边猛冲。

然而，他对汽车的控制只维持了一刹那。就在那些钢钉扎进汽车右轮的同时，随着一阵刺耳的车轮打滑声，笨重的汽车在公路中打起了转，紧接着汽车猛地向左倾斜，把邦德从驾驶座一下抛到了车板上。然后，整个车身翻了过来躺到路上，汽车前轮"呼呼"转动着，刺眼的汽车前灯的灯头直刺天空。靠着油箱支撑着躺在路上的汽车，就像一只巨大的螳螂张开爪子向天空抓舞着。接着，车身又慢慢翻转过来，在一阵玻璃和车身的粉碎声中站了起来。在震耳欲聋的声响中，汽车左前轮轻轻地转了几下，随后一切都戛然而止了。

利弗尔跟他那两个手下只要走几步就可以从埋伏地点到达翻车现场。

"把你们的枪收好，把他从里面拖出来。"利弗尔厉声向手下命令道。"我来保护你们，对付他要小心谨慎，我可不想要一具死尸。麻利点，天马上就亮了。"

那两个保镖跪在地上，他们中的一个掏出一把长刀，把蒙在挡风玻璃背后的布割断，把手伸进去抓住了邦德的肩膀。此时的邦德已经不省人事，没有丝毫反应。另外一个家伙则挤进车里，挪开夹在汽车帆布顶和方向盘之间的邦德的两条腿，然后他们俩从帆布上的一个洞里把邦德一点一点地拖了出来。

当邦德被他们挪放到公路上时，他们已经累得汗流浃背、气喘吁吁，脸上也沾满了油污和灰尘。

瘦高个摸了摸邦德的心脏，发现他还有一点心跳，于是他朝邦德打了两个耳光。被打了的邦德呻吟起来，一只手还动了动。接着瘦高个又狠狠地给了他一拳。

"行了。"利弗尔说。"把他的两只手绑起来，抬到车子里。接着。"他扔给瘦高个一捆卷皮线。"先把他的口袋搜空，再把他的枪交给我。或许他还带着什么其他武器，我们过一会儿再检查。"

瘦高个把从邦德口袋里搜出的东西递给利弗尔。利弗尔连看都没有看一眼，就把邦德的贝雷塔手枪连同这些东西放进自己宽大的口袋里。他让两个部下留下来做善后工作，自己则向雪铁龙汽车走去。他一脸平静，既看不出兴奋，也看不出愉快。

邦德的双腕被卷皮线紧紧地捆绑在一起，他觉得浑身像挨过木棒狠打一样疼痛。然而，当他被那两个家伙猛地拉着站立起来、并被推搡着向那条狭窄的小道走时，他发觉自己身上的骨头仍然完好无损。小路上，利弗尔的雪铁龙小汽车的发动机已经开始轻声转动起来。他知道自己绝没有逃脱的可能了，因此任凭自己被他们拖向汽车的后座，并没有做丝毫的反抗。

他无精打采，意志就像他此刻的身体一样，已经变得脆弱无力了。

在过去的这二十四个小时中，他所承受的打击实在是够多的，因而他觉得对于自己来说，敌人的这最后一击简直就是致命打击。这一回是不可能再出现什么奇迹把他从困境中救出来了。不会有人知道他在哪里。或许只有等到早上才会有人发现他失踪了。也许人们还会发现他的汽车残骸，但是要搞清汽车的主人是谁，那可得花上好几个小时。

还有琳达。他张眼向右边望了望，视线从那个靠在椅背上闭目养神的瘦高个身上越过。他恨不得把琳达痛骂一顿。这个愚蠢的姑娘像一只可怜的鸡一样被人绑起了双臂，头被裙子蒙上，这种情景仿佛是在宿舍里搞的某一种恶作剧。但是马上，他又觉得她非常可怜，她那裸露的双腿显得那么无助、那么无辜。

"琳达。"他轻轻地叫了一声。

车角的那堆被包裹着的东西没有丝毫反应，邦德心中不禁一凉。但是没过一会儿，琳达就微微动了一下。

与此同时，那个瘦高个用坚硬的手掌狠狠地朝邦德的心脏处击打了一下。

"给我闭嘴。"

邦德把身子蜷缩起来，以躲过瘦高个的又一次击打，然而这一击还是打在了肩头靠近脖颈的部位，他痛得再次缩起脖子，然后深深地吸了一口气。

瘦高个是很有技巧地拿手的边缘处往他的脖子上砍的，动作十分准确又毫不费力。对邦德略施惩戒之后，瘦高个又背靠椅背，闭上双眼。这个狗杂种，这个流氓。邦德真希望自己能找到机会杀死他。

突然，汽车尾部的行李箱被打开了，传来一阵铿铿锵锵的声音。邦德猜想，肯定是那个胖矮个在往回撤那张铺在地上的钉满钢钉的钢板。他很清楚，暗算汽车用钉板是最有效的。第二次世界大战期间，法国的游击队对付德国运送作战部队武器的车辆，用的就是钢钉板。

对这些家伙的才干以及他们使用这种装置的智慧，邦德不得不佩服。反之，M局长也太轻敌了。他抑制住自己去责骂伦敦的念头，反过来从自己身上找原因。他本应该事先想到这一点的，应该注意每一个细微的迹象，应该更加谨慎地行事。一想到当自己在"盖伦特"夜总会里痛快兴奋地喝着香槟，而敌人们却在为反击他而精心地做准备时，他心中禁不住后悔。他咒骂自己的狂妄自大，咒骂自己的麻痹大意，正是这些因素让他误以为自己已经取得了这场战斗的胜利，以为敌人已经转移了。

利弗尔在这段时间里一直沉默着。把行李箱关好后，胖矮个保镖爬上了车，在邦德身旁坐下。利弗尔迅速把车开回大路，随即猛然把车速换到高速挡，汽车沿着海岸疾速行驶，车速很快就达到了每小时七十公里。

已经是黎明了，邦德猜想大概五点钟了吧。他脑子里慢慢回想起来，再向前开大约一两英里，就该到达利弗尔的别墅了。本来他以为利弗尔他们不会带琳达到那儿去，此刻他完全明白了，琳达只是被当作了一个钓大鱼的诱饵。利弗尔打的什么鬼主意，现在看来已经很明显了。

利弗尔的这个计划极其恶毒。自从被他们抓捕以来，邦德还是头一次感觉到恐惧，一阵一阵的寒气袭向他的脊骨。

大约十分钟之后，雪铁龙汽车向左边拐去，沿着一条小草丛生的小道行驶了几百码，从一对破旧的毛粉饰柱廊穿过去，开进一座四面围着高墙的院落。

他们的车子在一扇油漆斑驳的白色大门前停下来。门框上挂着的小门铃已经布满了锈迹。门前竖着的一块木牌上写着一排镀锌的小字母："梦行者别墅"。这排字母的下面还写着一行小字："进门前请按门铃"。

从这个水泥门面邦德可以看出，这是一幢典型的法国海边别墅。他完全可以想象得出，在得到租赁通知后，房地产代理商马上派过来一个清洁女工对房子匆匆收拾了一番，使陈腐的房间里换上了新鲜的空气。实际上每隔五年的时间，这幢别墅的每间房屋以及外部的门窗都要粉刷一次，向游客展露出几个礼拜的欢迎微笑，然后，粉刷后的外表开始渐渐被冬天的雨水腐蚀，屋子里也关上了苍蝇，很快，这幢别墅就又恢复到原先那种被人遗弃掉的模样。

邦德猜想，这幢别墅在今天早晨正好能够满足利弗尔的目的。如果猜得没错，他将被他们严刑拷打，甚至惨死在这儿，并且不会有人知晓他的最终行踪。从他那天早上对这幢别墅的侦察情况来看，今天早上他们的雪铁龙行驶过的地方几乎没有人烟，仅仅在南边几英里的地方零星散布着几户农家。

这时，瘦高个用胳膊肘猛地碰了一下邦德的肋骨，命令他下车。邦德心里很清楚，在接下来的几个小时里，利弗尔即将在没有任何人打扰的情况下狠狠地摆弄他们俩，肯定会让他们吃不少的苦头。想到这儿，他的身体再次起了一层鸡皮疙瘩。

利弗尔拿出钥匙打开房门，跨了进去。在黎明的光亮中，琳达面色异常难看，她被那个胖矮个推搡着走进屋子。不等瘦高个保镖吆喝，邦德便自动跟了进去。然后，前门被锁上了。

利弗尔往右侧的一间房门口一站，他向邦德弯起一根手指头，无声地下达了一个命令。

胖矮个挟持着琳达沿着走廊向后屋走去。突然间，邦德想到了一个好主意。他迅速飞起一腿，猛地向后面一踢，当即瘦高个的小腿挨了一下，他发出了一阵疼痛的叫唤声。邦德借此机会猫着腰沿着过道奔向琳达。此时此刻他的头脑里只闪现着一个念头，要用双脚当作武器，尽最大可能给那两个保镖一点颜色瞧瞧，并趁机叮嘱琳达几句，告诉她千万不要向敌人屈服。

瘦高个的叫喊声很快引起了胖矮个注意，他刚一回头，邦德腾空飞起右脚，向胖矮个的小腹踢来。

就像闪电一样，胖矮个急速地把身体靠在过道的墙上。就在邦德抬起脚呼啸着飞向他的臀部时，他十分迅速但又非常沉稳地伸出自己的左手，抓住了邦德的鞋，用力扭了起来。

由于完全失去了平衡，邦德的另一只脚也抬离了地面，因而他的整个身子在空中旋转起来，伴随着前冲的惯性，他的身体狠狠地摔倒在地板上。

邦德躺在地板上，大口大口地喘着气。紧接着，那个瘦高个立刻赶了过来，一把抓住邦德的衣领把他从地上拉了起来，顶在墙上。他手上拿着一支枪，两只眼睛喷火般地瞪着邦德的双眼。然后他不紧不慢地弯下腰，用枪管猛地击打邦德的小腿。随着一声惨叫，邦德双膝跪在地上。

"下次如果你再做什么小动作，老子就敲断你的牙。"那个瘦高个保镖用蹩脚的法国话威胁邦德。

猛地，一扇门关了起来，那个科西嘉岛人和琳达消失在门里。邦德把头向右边转过去，看见利弗尔已经走到了过道处。他再次抬起手指，然后又弯曲了一下。

接着他第一次开了口。

"来吧，我亲爱的朋友，请不要再浪费这宝贵的时间了。"

他操着一口地道的英语，声音不慌不忙，柔和、低沉。他的脸上依然没有丝毫表情，就好像医生在招呼候诊室的就诊病人一样，可病人却在歇斯底里地和护士辩解着什么。

再一次，邦德感到了自己的软弱无力。那个胖矮个很厉害，除了摔跤能手之外没人能对付得了他。同样，那个瘦高个所采用的报复手段也是那样不急不忙，准确、冷酷，颇有技巧。刚才同他交手的这一回合邦德并没有占到什么便宜，相反倒给自己增添了几处伤痕。他没有什么特别的办法了，只好驯服地向那边过道走去。当他跟着瘦高个跨过那道门槛时，他知道，此刻他已经完完全全处于利弗尔的控制之中了。

第十七章
皮 开 肉 绽

这是一座宽敞明亮的空房，屋子里面陈列着几件最新式样的法国家具。很难说清楚这到底是一间餐厅，还是一间会客室，因为门对面的大部分墙壁被看起来很容易损坏的玻璃材质的餐具柜占据了，这与在屋子另一边放着的有些褪色的粉红色沙发很不搭调。在玻璃餐具柜里放着两只漆过的木制烛架和一个橘黄色的有细裂花纹的水果盘。

屋子中间雪白的吊灯下并没有安放桌子，只有一小块带有污迹的四方形的棕色地毯，这和屋子里的其他家具形成鲜明对比，看起来这纯粹是未来派的杰作。窗户旁边还有一张看起来似乎很不相称的君王座椅，这把椅子是用栎树木雕刻而成的，上面有红色的丝绒做佩饰。紧挨着椅子的是一张茶几，上面放着两只玻璃杯和一只空水瓶。距离茶几不远处还放着一张没有放坐垫的轻便藤椅。

半遮半掩的软百叶帘挡住了外面的景色，只有早晨的太阳透过窗上的铁栏将一缕缕光线投射到几件家具上面，光线照亮了色彩鲜艳的壁纸，也照亮了褪了颜色的棕色地板。

利弗尔指了指茶几旁的藤椅。

"这椅子就不错。"他对那个瘦高个保镖说道，"赶紧把他带过来让他享受一下。假如他不领情的话，就不妨给他开导开导。"

然后他把脸转向邦德，那张庞大的脸上没有丝毫表情，一道冷光从圆圆的眼睛里射出来。

"把你的衣服脱掉。假如你试图反抗的话，那么巴兹尔将会弄折你的手指。我们既然说到就会做到。对我们来说你的健康无关紧要。你是否能活着从这儿出去，那就全看我们之间的谈话进行得怎么样了。"

说完，他朝那个瘦高个打了个手势，就离开了房间。

刚开始瘦高个的反应非常奇特。他打开那把曾经划开邦德那辆汽车帆布的折刀，把那把小扶手椅拽过去，身手敏捷地一刀一刀割着椅子上面的藤条。

接着他转向邦德，他并没有把那把折刀收起来，而是像别上一支钢笔那样把刀子装进外衣的袖珍口袋里。他把邦德的脸扳过来面朝光线，解开捆绑在他手腕上的卷皮线，然后快速地闪到一边，又把刀子紧握在手中。"动作快点。"

邦德站在那儿没动，他擦揉着红肿起来的手腕，暗自盘算着怎样才可以拖延时间。但是他仅仅消磨了一会儿时间，那个瘦高个就快速向前走了过去，抬起那只空闲着的手向下猛地一挥，然后抓住了邦德晚礼服的衣领，往下猛地一扯，邦德的双臂便不由自主地向后面扭曲。对于这种传统的老式警察的手法，邦德单膝跪下，做着老式的反抗；但是当他跪下来的同时，那个瘦高个也跪了下来，与此同时，他拿起那把小刀往邦德的后背上划去。

邦德感到背脊划过一片冰凉的东西，锋利的刀子在衣服上划过时发出一阵又一阵"咝咝"的声音。当他被划成两半的上衣掉下来时，他的双臂一瞬间自由了。

邦德边骂边站了起来。瘦高个也马上闪回到原来站着的地方，但他手里仍然握着那把刀。邦德干脆任由被划成两半的晚礼服滑落到地上。

"动作麻利点。"那个瘦高个极其不耐烦地向邦德吼道。

盯着瘦高个的眼睛，邦德开始慢慢地脱起衣服来。

利弗尔一言不发地走进屋子，手里捧着一个散发着咖啡味儿的茶壶。他把茶壶搁在靠窗的一张小桌子上，然后又在上面放了两件并不常见的东西：一把弯刃雕刻刀子和一根用藤条编起来的大约三英尺长的鞭子。

他很惬意地坐在那把御座般的椅子上，拿起一只玻璃杯，把壶里的咖啡往里倒了些，把那张座位已掏空的小扶手椅用一只脚钩到身前。

"在那儿坐下。"利弗尔朝他面前的那把椅子点了点头。

邦德走过去，在那把椅子上坐了下来。

一直站着的瘦高个掏出了一节皮线，把邦德的手腕用皮线绑到椅子的扶手上，又把他的双脚踝关节捆绑在那把椅子的两条前腿上。然后他在邦德的胸脯上缠了两道绳子，那绳子从腋下穿过，绕到椅子背后，最后准确无误地打成死结。皮绳绑得非常紧，深深地勒进了邦德的皮肉里。

现在，他成了一个名副其实的犯人，手无寸铁，丝毫没有反抗能力。他不能坐稳，臀部漏过空洞，使得身子一直向下坠，这个动作扯得胸上与手腕上的绳子更加深地勒进肉里，利弗尔向那个瘦高个点点头，瘦高个便沉默地离开房间，关上了门。

桌上有一只打火机和一包"高卢"牌香烟。利弗尔抽出一支香烟点着，又端起玻璃杯里的咖啡喝了一口。接着他拿起藤条鞭子，把鞭子的柄轻松地放在膝盖上，三叶麦穗状的鞭梢便垂在邦德的脚下。

他盯着邦德，目光阴险狠毒。突然，他抬起手腕，抓起腿上的藤鞭朝邦德狠狠地抽了一顿。

结果是十分可怕的。

邦德的整个身子痉挛般地蜷缩起来，面部的肌肉紧紧地收缩着，痛得他龇牙咧嘴。

他猛地把头向后一甩，颈部绷紧的肌肉便露了出来。一瞬间，他全身的肌肉都紧张得缩成了一团，手指和脚趾向下用力，直到完全变成了白色。最初的挛缩过后，邦德浑身上下冒出了豆粒一般的汗珠，嘴里渐渐发出一阵长长的呻吟。

利弗尔等着他睁开眼睛。

"小伙子，明白了吗？"他似笑非笑起来。"你到底在哪儿，现在你总该清楚了吧？"

从邦德的下巴上滴下一大颗汗水，慢慢滑落到他裸露的胸脯上。

"现在让我们步入正题吧，我们得看看这桩由于疏忽而造成的麻烦事究竟需要多久才能得到解决。"他扬扬自得地吸了一口烟，又拿起那条可怕的藤鞭警告似的在地板上敲了敲。

"我亲爱的朋友。"他说话的声音俨然一个父亲的模样，"赌场上的游戏已经结束了，彻底地结束了。但是不幸的是你现在陷进了只供成年人玩的赌博中，并且你已经品尝到了一点苦头。我亲爱的朋友，你没有经过任何训练就想跟成年人进行赌博，你那位非常愚蠢的伦敦老头子把你送到这儿来，简直是让你束手无策地自投罗网。愚蠢，简直太愚蠢了。这就是你最大的不幸了。"

"现在，"他突然收起讽刺挖苦的语调，声色俱厉地向邦德喊道："快说，钱在哪儿？"

邦德睁着那双充血的眼睛无神地看着利弗尔。

利弗尔的手腕再次向上抬起，邦德整个身体又一次遭受了异常痛苦的折磨。

利弗尔坐在那儿等着。邦德那颗备受折磨的心脏渐渐地恢复了平稳的跳动，他再次茫然地睁开双眼。

"或许我应该先向你解释一下，"利弗尔说，"为了让你回答我的问题，我决定专门从你身上的敏感部位下手去折磨你，直到我得到答案为止。我这个人铁石心肠，没有一点儿怜悯心，更不会对你发慈悲的。你根本不可能从这里逃走，你也别想指望会有什么人戏剧性地出现在最后时刻把你救走。这可不像那些充满浪漫的冒险故事，什么英雄获得了奖章和美女，什么歹徒最终被彻底打败，在这儿可统统没有。在真正的现实生活中，这些事情是不会发生的。现实生活常常要比这残酷一百倍。假如你继续这么顽固的话，那么我们将会把你折磨得半死不活，然后我再让人把那个姑娘带过来，当着你的面奸污了她。假如这样做还达不到目的的话，那就把你们俩活活折磨死，最后把你们的尸体扔出去喂野狗。我自己呢，则可以跑到外国去定居。在那里我将东山再起，过上幸福快乐的生活，最终平平安安地度过晚年。所以你好好想想，我亲爱的朋友，对于我来说，是没有任何损失的。假如你把钱交出来，你的日子就要比此刻好多了。假如你硬是坚持不把钱给我的话，那，咱们就走着瞧了。"

利弗尔舔舔舌头稍作停顿，轻轻扬了扬膝头上的手腕。藤条刚一碰到邦德，他就下意识地畏缩起来。

"我亲爱的孩子，你乖乖地听话，我就饶你一条命，不再折磨你了。否则，你没有任何选择，绝对没有。你看怎么样？"

邦德干脆紧闭起双眼，等待着剧痛再一次降临。他知道最难以忍受的就是刚开始受刑的时候。人对于疼痛的感受呈抛物线状，当疼痛逐渐增强到顶峰，神经对此的反应就渐渐减弱，一直到最后昏厥、死亡为止。此刻，他什么也不愿意想，只是盼望着疼痛能够尽快达到顶峰，他希望顶峰到来之前的这一段痛苦历程，他能以自己的坚韧意志挺过去，然后一点一点滑向最终的眩晕状态。

他的那些被日本人和德国人折磨过而侥幸存活下来的同事们曾经告诉过他，人在遭受毒刑的最后时期甚至能模模糊糊地领略到一种快感，一种朦胧的男女交欢的快感。那个时候，疼痛转换成了快乐，恐惧和仇恨则变换成了一种性欲受虐狂的迷恋。这个时候，是对人的意志的最大程度的考验，最好不要表现出被打得晕头转向的样子。一般情况下，这个时候，那些施刑的人都会故意地放松一下折磨，让受刑的人稍微恢复一下知觉，接着再更加暴虐地折磨他，最终使其屈服。

邦德微微睁开眼睛。

还没等到他完全睁开眼睛，利弗尔手里的藤鞭就又像一条响尾蛇一样从地板上频频跳起，一次又一次地抽向邦德。邦德撕心裂肺地叫喊着，就好像一个活动木偶一样，他的身体在椅子里来回扭动着。

只有在邦德被藤鞭抽打得抖颤，显示出呆滞麻木时，这种折磨才会稍作停止。利弗尔呷着咖啡，坐在椅子上等着，仿佛一个在做棘手手术的外科医生看着心动描记器一样，微微皱着眉头。

当邦德的眼睛略微眨动了一下，然后慢慢睁开时，利弗尔再一次向邦德训起话来，但是此时的语气已经显得很不耐烦了。

"我们早知道了，那笔钱肯定就在你房间的某个角落。"他说。"你把它们换成了一张四千万法郎的支票。而且我们也知道你特地回到饭店房间里把钱藏了起来。"

一瞬间，邦德十分纳闷儿，他怎么会那么肯定？

"你离开饭店去夜总会的时候，"利弗尔继续说，"我们对你的房间进行了搜查。"

邦德暗想，这中间，肯定是芒茨夫妇起了作用。

"在你房间的隐秘地方，我们发现了很多东西，比如在抽屉后面发现了你记录的一些材料，在马桶的浮球阀里找到了一个非常有趣的密码本。那些家具都被我们劈碎了，窗帘、被单还有你的衣服全都被划开了。我们搜查了你房间的每一寸地方，移动了你所有的东西。但是非常遗憾，我们没有把那张支票找出来。我想，如果我们找到了那张支票的话，你今天也不至于落到这样的田地，说不定，此刻正美滋滋地躺在床上，与那位妖媚的琳达小姐互诉衷肠呢！"话音刚刚落下，他又猛地扬起了鞭子。

剧痛之中，邦德意识模糊地想起了琳达。此时，她将会怎样被那两个保镖轮番玩弄，他完全想象得出，在他们把她交给利弗尔之前，他们将怎样尽情地向她发泄兽欲。

想到这儿，他的眼前又模糊地显现出瘦高个那残酷的奸笑和胖矮个那湿润的厚嘴唇。可怜的琳达姑娘竟然无辜地卷入了这个事件中，真是倒了大霉。

利弗尔的声音又在耳旁响起。

"遭受刑打可是一种可怕的经历。"他说着，又吸了一口烟。"但是对于施刑的人来说却是特别痛快的。尤其是当对方，"说到这个词的时候，他突然笑了，"是一个男人的时候。我想你也是知道的，我亲爱的朋友，对一个男人来说，文雅的方式是根本没必要采用的。就用这个最简单不过的藤条，或者用其他任何简单的方法，我就能让一个堂堂七尺男人遭受到极其巨大的痛苦，并且让他失去做男人的尊严。不要相信那些你曾经看过的描写战争的书籍和小说。那里面所描写的折磨人的方法都不可怕。但是这东西可真厉害呀，不但能马上使你皮开肉绽，而且能将你的男人尊严逐渐摧毁殆尽，最终使你不再是一个真正的男人。"

"我亲爱的邦德，你仔细想一想，身体和心灵受尽折磨，到最后还得恳求我把你快点杀死。这是一幅多么凄惨的画面啊，假如你坚持不告诉我钱藏在哪里，那么这幅凄惨的图画将会变为现实。"

他边说边往杯子里倒进一些咖啡，一口气把它喝干，然后一圈棕色的水渍便留在了嘴角。

邦德嚅动着嘴唇，似乎想说什么。最后，他终于从干哑的喉咙里挤出了一个词："喝水。"说完，他伸出舌头舔舔干燥的嘴唇。

"这当然可以了，我亲爱的朋友，瞧我这个人多粗心！"利弗尔拿起另一只玻璃杯，往里倒了些咖啡。此时，邦德椅子四周的一圈地板已经被他的汗珠浸湿。"我确实应该让你先润润嗓子，这样好开口招供。"

他把藤条鞭放到地板上，起身从椅子上站起来，绕到邦德身后，一只手抓起邦德汗湿的头发，将他的头朝后拉得高高仰起，把杯子里的咖啡一小口一小口地灌进邦德的嘴里。灌完后，他松开邦德的头发，邦德的头便重新低低地垂在胸脯前。

利弗尔走回椅子旁，从地板上拿起了藤条鞭柄。

邦德挣扎着抬起头，张开口说："对你来说，钱是没用的。"他的声音既沙哑也吃力。"你的行踪，警察会追踪到的。"

说完，他的头又向前垂下，一动也不动，好像全身的气力已经用尽了。事实上，他是专门把自己身体毁坏的程度夸大，想借此推延下次被折磨的时间。

"哦，我亲爱的孩子，我刚才忘记告诉你了。"利弗尔面带奸诈地微笑起来。"我们可以向外界宣称，在矿泉王城俱乐部那场赌博之后，我们又碰了面。你是一个非常讲信义的人，你答应我们俩再赌一次，算作最终的生死决战。这是一种侠士风度，是典型的英国绅士。"

"然而遗憾的是，这场赌博你输了，因此你十分不安，你决定马上离开这里，去一个没有人知道的地方隐姓埋名。由于你的性格豪爽，你十分和气地给了我一张纸条，上面的内容解释了你为什么会输给我，并且你还告诉我怎样从银行兑换那张四千二百万法郎的支票。这样，我在拿着你的那张支票去银行兑换现金时就不会出现不必要的麻烦。你听到了吗，我亲爱的朋友，这一切都预先筹划好了，你大可不必为这个担心。"说完，他干笑起来。

"那么，接下来怎么办，继续演戏吗？我可是非常有耐心的。实话告诉你吧，一个男人到底对这种特殊形式的刺激方式能承受多久，我倒是非常有兴趣看一看。"

说着他举起藤鞭狠狠地在地上抽了一下。

听到这里，邦德的心禁不住一沉，他暗想，原来利弗尔是这样打算的。"没有人知道的地方"无非就是海底或地下，还可能更简单一点就是干脆把他扔到那辆被撞毁的宾利车下。既然这样，邦德打定了主意把死亡看成一种归宿，临死前还必须竭尽全力跟敌人斗争到底。他并不去指望莱特或马西斯会及时把他救出虎口，但是自己晚死一会儿，他们就有可能在利弗尔逃匿之前把他抓住。现在肯定已经是早晨七点钟了，也许他的那辆撞坏的宾利汽车已经被发现了。这种选择是不幸的，只要利弗尔鞭打折磨他的时间越长，那么他受到的鞭惩就会越严重。

邦德努力使自己抬起头，愤恨地盯着利弗尔的眼睛。

此时，利弗尔的眼睛里充满了血丝，那双眼睛看起来就好像两颗黑色的去掉核的小葡萄干陷在血泊中一样。那张宽宽的脸庞也已经变成淡黄色，微湿的皮肤被一撮浓黑的短胡须遮盖。嘴角四周留着一圈喝过咖啡后留下的痕迹，这模样看起来很好笑。在百叶窗的光线中，整个脸显得半明半暗。

邦德坚决地从嘴里吐出几个字："决不……你……"

利弗尔从鼻子里发出"哼"的一声，狂怒地再一次扬起那条藤鞭，还不时地发出像一只野兽一样的怒吼。

十分钟之后，邦德晕厥了过去，完全没有了知觉。

利弗尔马上停下了手中的鞭子。他用没拿鞭子的那只空手在脸上抹了抹，擦去脸上的汗水，然后又抬起手腕看了看表，好像一个主意已经想好了。

他站起来，走到那具湿漉漉的没有生气的身体后面。邦德的头部以及腰部以上的地方已经没有一点血色，只有心脏那儿还有着略微的颤动，只有这么一点点表示生命的迹象证明他还没有死去。

利弗尔把邦德的耳朵揪住，猛地拧他的耳朵，接着他把身子俯过去，对着邦德左右开弓地打了几个耳光。他的每一次击打都让邦德的头左右摆动着。慢慢地，邦德的呼吸变得粗重起来，他那垂下的嘴里哼出来一阵阵痛苦的呻吟声。

利弗尔端起桌上的一杯咖啡，撬开邦德的嘴往里倒了一点，然后把剩下的咖啡全都泼在他的脸上。邦德的双眼渐渐睁开了。

利弗尔重新坐回到椅子上等候着，他点着了一支香烟，看着邦德座椅下那一摊血迹发呆。

邦德又一次可怜地呻吟起来，这种声音听上去已经不是人所发出的声音了。他努力地睁大了眼睛，茫然地盯着这个虐待狂，这个魔鬼。

终于，利弗尔开口说话了。

"邦德，先到此结束，我不是想要你的命，现在先让你的戏中断几分钟。接下来该琳达小姐上场来表演了，她演得或许比你更精彩。"

说完，他朝桌子走去。

"邦德，再见。"

第十八章
绝　处　逢　生

"住手！"

突然，一个第三者的声音从耳畔响起，这是邦德没有想到的。在差不多一个小时非人的拷打期间，邦德的耳朵里除了他和利弗尔之间的对话外，就是那可怕的藤鞭抽打的声音。他的意识已经十分迟钝。他简直听不清楚那个第三者讲的到底是什么。紧接着，他突然间恢复了一些知觉，他发觉自己能重新看到眼前的东西，能听到别人的说话声。一阵死一般的沉寂之后，他听见门口传过来一声轻轻的斥责声。他看到利弗尔的头慢慢地抬起来，看到他那非常诧异和惊讶的神情逐渐变成了恐惧。

"住手。"那个声音低沉而镇定。

邦德听见那个说话的人慢慢地绕到他的椅后。"放下鞭子。"那声音命令道。

邦德看见利弗尔顺从地张开手，刀子掉落到地板上，发出铿锵的响声。他竭尽力气想从利弗尔的脸上看出究竟发生了什么事，然而他所能看到的只是利弗尔脸上茫然、恐惧和绝望的表情。利弗尔大张着嘴，可是此刻它仅能发出高音的"咿呀"声。在他想积攒嘴里的唾液说些什么话的时候，他那肥厚的双颊在不停地颤抖。他极力想辩解，然而那双手不知所措地在膝盖上乱动着，其中的一只手向口袋微微移动，可是又猛然放下来。他那双惊呆的大眼睛迅速向下瞥了一眼，邦德猜想，一定有一支枪正对着他的脑袋。一阵沉默过后。

"锄奸团。"

这个词差不多是随着叹息声说出口的，说话人的声调在往下降，好像其他的话已经不需要再说一样。这的确是最后的判决，而且是无须任何罪证的判决。"不，"利弗尔道，"不，我……"最终他什么话也没有说出来。或许他想道歉，想解释，可是，对方的表情一定已经让他清楚地知道，任何解释都是白费。

"你那两个愚蠢的保镖都死了。你是一个窃贼、一个叛徒、一个笨蛋。我是奉命来'送你回去的'。算你小子走运，我现在所剩的时间只够用枪干掉你。我曾接到上面的指示说，假如有可能的话，将非常残忍地把你折磨死。你所造成的麻烦我们可不能容忍。"

然后，那个嘶哑的声音停下来。屋子里一片沉静，只听见利弗尔在大声地喘息。

从外面的什么地方，传来了一只鸟唱歌的声音，还有从刚刚醒来的乡野中传来的其他微弱的充满生气的声音。利弗尔的脸上挂满了黄豆粒大小的汗珠。

"你认罪吗？"

邦德挣扎着使自己恢复了神志。他眯紧双眼，想摇摇头使眼前的图像清晰起来，然而他所有的神经系统都麻木地没有知觉了，没有哪一根神经能够支配肌肉。他只好把双眼的焦点聚集在他前面的那张宽

大而又苍白的脸庞以及那两只突出的眼睛上。从那张开的嘴中淌出了
又细又长的唾液，悬挂在他的下巴上。

"认罪。"那张嘴动弹了一下。

突然，一声尖锐的声音传来，那声音还不及从牙膏管里漏出的一
个气泡的声音大。只见另一只眼睛出现在利弗尔脸上，那第三只眼和
另外两只眼睛平行，就在他的眉心正中。这只小小的黑眼睛没有眉毛，
也没有睫毛。

一刹那，这三只平行的眼睛都茫然无措地望向前方，大概持续了
一秒钟。然后，整张脸向下沉去，继而身体跪了下来。外边的两只眼
睛渐渐地翻向天花板，然后那颗巨大的头向一侧倒去。接着是右肩膀，
最后是整个上身倒在椅子的扶手上，就好像得了重病的人突然休克而
瘫倒在椅子上一样。他的双脚在地上挣扎了几下，便不再动弹了。

一阵微弱的移动声，邦德感觉身后有一只手伸过来，那只手抓住
了他的下巴，把他的头往后扳。

一刹那，邦德仰头看到一双藏在狭长的黑面罩后面的炯炯有神的
眼睛，看到了帽檐下面一张粗糙的长脸，双颊被竖起来的淡黄褐色的
风衣硬领遮住了。

他正打算更仔细地辨认一下对方的特征，头就又被扳回到原状，
再次垂到胸前。

"你很走运。"那个冷峻的声音又在耳旁响了起来，"我没有接到
干掉你的命令。在二十四个小时里，你已经是两次死里逃生了。头一
次靠的是运气，这一次却是靠利弗尔犯的错误。但是，你应该向你的
上司报告一下，'锄奸团'从来都不心慈手软。一旦接到命令，那些

好比死狗身上的牛虻一样令人生厌的外国间谍一个也别想逃过我们的惩罚。"

"现在我把我的名片留给你。你是一个赌者，你赌的是纸牌，或许将来有一天你会与我们这个组织的人对垒。你是一个间谍，最好还是让人一下子就能看出来。"

他绕到邦德后面几步远的地方。伴随着一声折刀打开的声音，邦德的视线里出现了一只灰呢子的袖管。从一个肮脏的白色衬衫袖口里伸出来一只毛茸茸的大手，那只手里拿着一把像一支圆珠笔一样的小匕首。小匕首在邦德被绑得很牢固的右手背上停留了一下，随后迅速地在上面划了三道笔直的刀痕，第四道刀痕从中间划开，到两边的两道刀痕为止，大概呈 W 形。立刻，血从刀痕中涌了出来，慢慢地滴落在地板上。

与邦德已经遭受的痛苦比起来这种疼痛已经不算什么了，然而，他还是疼得又一次昏了过去。模糊中他感到那个人轻轻地走出房间，然后慢慢关上了门。

寂静中，从紧闭的窗子中挤进来夏天特有的各种欢快的声音。六月的阳光透过百叶窗照在地板上，照着两摊鲜红的血迹，然后又反射到墙上，投下了两块小小的粉红色的影子。

那两处粉红色的亮点随着时间缓缓推移，它们沿着墙壁慢慢移动，渐渐地拉长变大起来。

第十九章
重 归 人 间

以后的两天里，詹姆斯·邦德一直处于一种似醒非醒、似梦非梦的状态中，始终不能清醒过来。他做着一个又一个噩梦，梦中充满了痛苦，可是他却始终不能从这一连串的噩梦中挣脱出来。他清楚自己正仰面躺在床上，但却一点儿也不能动弹；他朦胧地意识到有人在自己的身旁，然而他怎么也没有力气睁开眼睛，重新回到这个世界。

在黑暗中他感到自己是安全的，所以他抱住黑暗紧紧不放。

第三天的清晨，一个恐怖的噩梦使他惊醒了。他全身发抖，冒着冷汗。

他感到有人拿手触摸他的额头，他以为这是在梦中。他想抬起手把额上的重压拨开，然而他的手臂被紧紧地绑在床边，不能动弹。他觉得他的整个身子被包扎起来，从他的胸脯一直到脚好像都盖着一个像白色棺材一样的东西，让人根本看不清床的尽头。终于他耗尽全身气力，竭尽全力地叫喊，凄凉无望的泪水止不住夺眶而出。

一个女人的声音渐渐地渗透进他的脑子里。这个声音似乎很和蔼。渐渐地他感觉到自己得到的是爱抚和安慰。这不是敌人，而是一位朋友。可是他依然不敢相信这一点。他只清楚自己被人俘虏了，并且遭受了一次又一次的严刑拷打。他感到一块凉凉的毛巾在自己的脸上轻轻地擦着，这毛巾散发着薰衣草的香味，然后他又做起了梦。

几个小时以后，当他重新醒来时，所有的恐惧感都消失了，他只是觉得身体软绵绵的。阳光洒进明亮的屋里，从窗户外传进来花园里的各种鸟鸣声。窗外不远的地方，传来了海浪拍打海滩的声音。耳旁响起一阵沙沙的声音。他转过头，一位一直坐在他床边的护士站起来，赶紧走到他身旁。护士很美，她微笑着把手放在邦德的脉搏上。

"哎呀，你总算醒过来了，太让人高兴了。我长这么大还从没有听过这么可怕的胡言乱语。"

邦德向她微笑着。

"我这是在哪儿？"他问，同时对自己的声音能如此清晰有力感到十分惊讶。

"你现在在矿泉王城的一家疗养院里。英国方面派我过来照看你。我们来了两个人，我的名字叫吉布森。现在，请你安静地躺着，我马上去医生那儿，告诉他你醒来的消息。自从被送到这儿以后，你就一直处于昏迷状态，我们都十分焦急。"

邦德闭上眼睛，自己默默地检查着身上的伤处。最疼的部位是双踝、双腕以及手背上被刀子划过的地方。胸部却没有丝毫疼痛的感觉。他估计自己被局部麻醉了。

身体的其他部位都在隐隐作痛，这使他回想起被藤鞭抽打的遍体鳞伤。他可以感觉到绷带缠绕的压力，那未包扎的下巴和颈部碰到被子时有被针扎一般的感觉。

从这种感觉中他断定自己至少有三天没刮脸了。也就是说，自从那天遭受折磨以来，已经过去了两天。

邦德的脑子里准备了一系列的问题。这个时候，门开了，医生走了进来，后面跟着那个护士，在他们俩的身后是马西斯那熟悉的身影。焦急的神情在马西斯那愉快的微笑后隐隐露出，他把一只手指放在嘴唇上，踮起脚尖走到窗户旁边，坐下来。

年轻的医生是法国人，看上去很精明能干。他奉法国国防部情报处的命令来诊治邦德的病情。他到邦德的床边，一边将一只手贴到邦德的前额上，一边观察着放置在床后的体温表。

"我亲爱的邦德先生，你肯定有许多问题要问。"他操着一口流利的英语说，"我可以把当中的大部分答案告诉你。不过我可不想让你耗费太多的精力，所以你少开口，主要由我讲。随后你可以跟马西斯先生谈几分钟，他想从你这儿得到一些细节。这样的谈话看上去为时过早，但是我认为卸掉心理上的重负后，身体上的创伤会恢复得更快一些。"

吉布森给医生搬过来一张椅子，然后悄悄退出房间。

"你来到这里大概有两天了。"医生接着说道，"你的那辆汽车被住在矿泉王城附近的一位农夫发现，他报了警。很快，马西斯先生从警察那儿听说这是你的车，于是马上带着手下人赶往莱斯诺克太布尔。在那里他们发现了利弗尔和你，也发现了你的朋友琳达小姐，她并没有受伤。据她讲，她没有受到那些人的侮辱。由于惊恐，她的神经受到了一些刺激，庆幸的是现在她已完全恢复了理智，现在住在饭店里。伦敦上司指示她，继续留在矿泉王城，协助你完成工作，直到你的身体完全康复，返回伦敦为止。"

"利弗尔的那两个保镖死了，他们是被 35 口径的子弹打中后脑勺而死的。从他们丝毫没有表情的脸上来判断，很显然，他们没有看见那个刺客，也没有听见刺客行动的声音。他们与琳达小姐待在同一间房子里。利弗尔死了，那个刺客使用相同的武器从他的双眼之间打过去。他死时的情景你看见了吗？"

"看见了。"邦德回答。

"你的伤势十分严重，流了大量的血，不过对生命还没有造成威胁。假如一切顺利的话，你的身体将完全康复，所有的身体机能都不会受到影响。"年轻的医生温和地微笑起来。"不过我估计，你的疼痛将要持续好几天，我将尽一切力量使你舒服些。尽管你现在已经恢复了神志，两条胳膊也能动弹了，但是你必须得到安静的休养，千万不能随便移动你的身体；当你睡觉的时候，护士将会按照命令重新固定起你的双臂。总而言之，好好休息，恢复精力，这是非常重要的。你受到的肉体和精神的打击太大了。"医生稍微停顿了一下。"你被利弗尔折磨有多长时间？"

"大概一个小时。"邦德回答。

"但是，你奇迹般地活了下来，我向你表示祝贺。你所遭受的痛苦很少有人能忍受住。也可能是某种信念在支撑着你使你活了下来。马西斯先生可以做证，过去我诊治了几位跟你的症状相仿的病人，他们没有一个人像你这样坚强的。"

医生看了看邦德，然后又把头转向马西斯。"你可以在这儿待十分钟，然后你必须马上离开。假如病人的体温增高了，你可要负责的。"

说完，他向他们俩笑了一下，然后离开了房间。

马西斯走过来，坐在年轻医生刚才坐过的椅子上。

"他真是一个好人。"邦德说，"我很喜欢他。"

"他是法国情报局的人。"马西斯说，"这个人挺不错，他的情况过几天我再向你谈。他觉得你是一个神人。我自己也是这么认为的。"

"不过，这些话放在以后慢慢说。你也清楚，还有许多善后工作等着处理。巴黎方面一直纠缠着我，当然，伦敦，甚至华盛顿那方面也通过莱特不断地找我问这问那。顺便说一句，"他转过话题，"你们的那个 M 局长来电话了，他亲自跟我通了话，他要我转告你，你的所作所为给他留下了极其深刻的印象。当我问他还有什么话要说时，他最后说：'请转告他，财政部终于松了一大口气。'然后他就挂掉了电话。"

邦德高兴地笑了起来。M 局长本人打电话给马西斯，这使他感到激动，这在以前是从未有过的事。且不用谈 M 局长的身份，他从来都不跟国外的情报机构直接联络的。邦德这才体会到，他的这次意外在情报局这个绝密的机构中引发了一次强烈的震动。

"就在你被我们发现的那天，这儿来了一个又高又瘦的独臂男人，他是从伦敦来到这儿的。"马西斯继续说道，根据他自己的经验来判断，邦德对这种消息要比其他的事情更感兴趣，"他选好了护士，并检查了这里的所有工作。你的那辆宾利轿车也被他派人送去修理了。他甚至还跟琳达小姐谈了好长时间，吩咐她好好照看你。"

邦德想，一定是 S 站站长。这是他们给我的最好的待遇。

"好了。"马西斯说，"现在我们谈谈正经事。利弗尔是谁杀的？"

"锄奸团。"邦德回答道。

马西斯吃惊地叹了一声。

"天啊，原来利弗尔早就被他们盯上了。那个家伙长什么样？"

邦德大致描述了利弗尔中弹时的情况，他只拣最重要的细节说，把其余的话都略去了。他费了不少力气，但是很高兴地讲完了所要说的话。他回忆着当时的情景，仿佛自己又置身于那恐怖的梦魇。他的前额上渐渐沁出冷汗，身上的伤口又开始隐隐作痛。

马西斯忽然反应过来或许自己太性急了。邦德说话的声音显然越来越无力，眼睛也暗淡无光。马西斯果断地合起速记簿，把一只手搭在邦德的肩上。

"很抱歉，我的朋友。"他有些内疚地说，"一切都已经结束了，现在你很安全。整个计划进展得很顺利，一切实施得非常满意。我们已经对外界宣称，利弗尔用枪杀掉了自己的两名保镖，最后畏罪自杀了，因为他无法偿还所欠的工会资金。北方工会和斯特拉斯堡正在严厉调查这件事。利弗尔曾经被认为是法国工会的支柱，一个伟大的英雄。可是有关赌场和妓院的内幕使他的真面目被揭穿了，因此他所在组织急得就像热锅上的蚂蚁。再想到不久之前托雷兹刚刚下台，会让人认为这个组织里所有的大人物都是腐朽之辈。他们将怎样收拾这个残局，只有天晓得。"

马西斯发觉自己说的话产生了理想的效果，邦德的眼睛渐渐亮了起来。

"还有一个秘密。"马西斯说，"说完最后这个秘密，我保证立刻离开这儿。"

他抬腕看了看手表。"医生马上就要来赶我了。对，那笔钱呢？

你究竟把那些钱藏到什么地方了？我们也仔细地对你的房间搜查了一番，却毫无收获。"

邦德咧开嘴笑起来。

"在里面。"他说，"一定还在。饭店每个房间的门上都有一个小小的方形的黑色塑料板，那上面写着房间号码。那天晚上莱特从我那儿走后，我仅仅是打开房门，把房间号码板用起子卸下去，将支票折好塞进里面，最后再将板子上紧。我想那张支票肯定还在那儿。"他微微一笑。"让我觉得高兴的是，聪明的法国人竟被呆头呆脑的英国人指点了。"

马西斯开心地大笑起来。

"你这样做，我猜想也是从我那儿学来的吧，之前我曾经教过你怎样揭开芒茨夫妇安置的窃听器。咱们俩一比一平局了。顺便说一句，芒茨夫妇已经被我们抓住了，他们仅仅是临时被雇来做这种事的小人物。马上我们就会知道，他们将坐几年牢。"

年轻医生板着脸进来了，马西斯立刻站起来，最后又看了邦德一眼。"快出去。"医生对马西斯说。"快出去，不要再来了。"

马西斯愉快地向邦德挥挥手，几句告别的话还没说完，就马上被年轻医生撵到了门口。然后邦德听见一阵不满的法语消失在门外面。他浑身无力地躺在床上，但是心中由于刚才所听到的那些话而感到无比欣慰。不自觉间，他想起了琳达，然后很快又进入了睡眠状态。

还有很多问题等待解答，但是，没关系，这些都可以慢慢搞清楚。

第二十章
辞 职 争 执

邦德的身体日渐好转。三天之后，当马西斯再一次来看他时，他已经能用两条胳膊支撑着坐在床上了。他身体的下半部分仍然裹着长方形的白色布单，然而他显得十分愉快，只是偶尔伤口出现一阵疼痛时，才会看见他眯起眼睛。而马西斯却显得有些垂头丧气。

"这是你那张支票。"他对邦德说，"我也好希望自己的口袋里能有一张四千万法郎的支票，走到哪儿都好神气。你最好还是在上面签上你的名字吧，我去替你把这些钱存进你的账户。那位'锄奸团'朋友的迹象我们还没有发现。一点踪迹也没有。他肯定是骑着自行车或步行抵达那幢别墅的，因为你并没有听见他抵达的声音，利弗尔的那两个保镖显然也没有听到。这件事真是奇怪。对这个'锄奸团'组织我们知道得很少，伦敦方面也不清楚。华盛顿方面说他们了解，但是他们所提供的都是些从审讯政治避难者那儿得来的零星材料，一点儿意义都没有。就好像向普通法国人询问法国国防部情报处的情况，或者在伦敦街头随便拉住一个行人打听英国情报局的情况一样。"

"那个蒙面人很可能是途经华沙从列宁格勒转道柏林而来的。"邦德说，"到了柏林，就有很多去往欧洲其他地区的路线。现在他肯定已经回到了他的国家，并已经向他的上司汇报没有杀死我。我猜想，许多关于我的情况，他们一定是通过'二战'以来我经手办理的那几件案子了解到的。他肯定以为在我手上刻下表示间谍的标记是聪明的举动。"

"那标记究竟是什么？"马西斯问。"医生说这些刻痕就像一个带有尾巴的正方形的 M，可是它有何含义却不得而知。"

"当时，我只是瞥了一眼就昏了过去。但是，当护士给我包扎伤口时，我又仔细地看了几次那刻痕，我敢十分肯定这是俄文字母 Ш，它的样子看上去就像一个拖着一条尾巴的倒过来的 M。这是'锄奸团'组织的缩写字母，他认为在我手上应该刻上这个标记，以表明我是间谍。这个鬼东西的确让人讨厌，在我返回伦敦后，M 局长肯定要我再次住院，在我右手的整个手背上移植一块新皮。不过，就算留着这标记也没什么大不了的。我已经决定辞职了。"

马西斯张大嘴，呆呆地看着他。

"辞职？"他有些不相信自己的耳朵。"到底为什么要这样做？"

邦德把视线从马西斯身上移开，低头审视着自己缠满绷带的手。

"当时，我被利弗尔折磨得痛不欲生的时候，"他说，"我突然很希望自己能够活下来。在毒打我之前，利弗尔说了一句话，那句话至今还在我的脑中回荡。他说我和他一直都在赌博。现在，我突然觉得，也许，他的话没错。"

"你肯定也知道，"他仍看着绷带说，"小的时候，我们动辄就把人分为好人和坏人。随着年龄的增长，善恶是越来越难区分了。在学校读书的时候，学生们很容易就确定了自己心目中的英雄和坏蛋，大家都想长大以后成为一个除恶扬善的英雄，把敌人统统杀死。"

邦德虔诚地注视着马西斯，语调沉稳平缓地讲下去。

"这几年下来，我亲手除掉过两个坏蛋。第一个坏蛋是一个在纽约破译了我方密码的日本专家。他在位于洛克菲勒中心的美国无线电公司大楼工作，在那栋大楼的第三十六层是日本领事馆的所在地。我在那栋大楼旁边的一栋摩天大楼里的第四十层租了一间房，越过街道我可以清清楚楚地看到他在自己房间里的一举一动。洛克菲勒中心大楼的每扇窗户都装着双层玻璃，十分结实，这样可以起到隔音的作用。于是，我从我们在纽约的分局里挑选了一个同事，带上两支带有消声器和望远瞄准器的'雷明顿'长枪。这些器具被偷偷运到我的房间。坐等几天之后，我们终于等来了机会。我们两人商定好，他先朝那个人射击，一秒钟之后我再射击。他的任务就是把那个人房间的玻璃窗射穿一个洞，这样通过那个洞我就可以射死那个日本人。我们俩的计划非常成功。正如我预想的那样，我同事的子弹打在那玻璃窗上又反弹了回来，飞到了不知什么地方。我紧接着开了枪，子弹恰到好处地从他射击的那个洞穿了过去。就在那个日本人转过脸看那扇被打坏的窗户时，我的子弹正好击中了他的脖子。"

邦德点着一支烟抽了起来。

"那次的行动干得非常漂亮利落。双方相距三百码，而不是面对面地搏斗。第二次在斯德哥尔摩就不一样了。我必须杀掉一个为德国人卖命、反对我们的挪威双重间谍。由于他的叛变，我们的两名特工落入了敌人的陷阱，据我所知，那两名特工或许被杀死了。因为种种原因，这个行动必须在没人知道的情况下进行。我把行动地点选在这个挪威人公寓的卧室里，用匕首把他干掉了。"

"因为这两次成功的行动，我获得了情报局授予的双0荣誉称号，这个称号意味着我在执行某项残酷任务时可以有先斩后奏的权力。"

"到现在为止，"他又抬起头看着马西斯，"一切非常顺利，我这个英雄干掉了两个坏蛋。但是当另外一名英雄利弗尔要杀死坏蛋邦德，而坏蛋邦德又认为自己从来没干过坏事时，事情就变得复杂起来。英雄和坏蛋简直没有办法辨清了。"

"当然了，"当马西斯想劝说他时，邦德又补充说，"是爱国精神使得我的这些行动变为顺理成章。然而国家利益高于一切的观点已经有些过时了。近几年来，历史发展得非常迅速，坏蛋和英雄的界定也在不断发生改变。"

马西斯十分惊讶地看着邦德，然后拍了拍自己的脑袋，双手抱住邦德的臂膀，不解地问："你的意思是说，那个用尽办法要使你失去男人尊严的利弗尔不能被算作坏蛋吗？"他问道，"从你这番糊涂荒唐的理论看，我还以为他抽打的是你的头部，而不是你的……"他用手指了指床上邦德的身体。"你肯定是被他的鞭子抽糊涂了。或许只有当M局长派你去对付另外一个利弗尔时，你才能够清醒过来。我敢肯定你仍然会继续高高兴兴地干下去的。'锄奸团'组织算什么玩意儿呀？我可以告诉你，这些家伙在法国境内横行霸道，清除那些他们自认为背叛了他们自己的政治制度的人，我可不喜欢。你听听，你都说了些什么话，简直就像一个十足的无政府主义者。"

他的双臂在空中挥舞着，然后任其落在两边。

看着马西斯着急的样子，邦德禁不住大笑起来，接着他又不紧不慢地说："我这么说自有我的道理。就拿我们的敌人利弗尔来说吧，说他是一个可恶的坏蛋一点也不为过。至少对于我来说，这样的结论是确凿无疑的，因为他曾经把我折磨得死去活来。假如他此刻出现在我面前，我会毫不犹豫地杀死他，不是为了所谓国家的利益，而是为我个人报仇雪恨。"

他抬头瞧瞧马西斯，发现自己的这些精辟的反省论述，他并不赞同。从马西斯的角度来看，这仅仅是一个简单的职责性问题。他注视着邦德，故作轻松地一笑，说："继续往下说，我亲爱的邦德。声名远扬的 007 竟然有这番高论，真让我感到十分有趣。你们英国人就是这么的奇怪，为人处事就好像中国人做的十锦盒，大的套中的，中的套小的，一层又一层地剥到最后，才会发现里面其实并没有什么让人惊叹的东西。然而整个过程非常有趣，可以培养人的智力。继续往下说。你也可以一层又一层地发挥你的理论。如果下一次我遇着一件不想干的苦差事的话，或许我可以用你这样的理论来对付上司。"他有些揶揄地笑着。

邦德并没有理会他的话，而是继续正儿八经地往下说："这样，为了说明白好与恶的区别，我们可以把代表两种极端的事物用两种形象来区分，就如同用雪白色与深黑色来分别代表'上帝'与'魔鬼'。'上帝'是洁白没有瑕疵的，他画像上的每根胡须你甚至都可以看到。然而'魔鬼'呢？它到底是个什么模样？"

邦德得意地瞅着马西斯。

马西斯讽刺地大笑起来。

"是一个女人。"

"随便你怎么说。"邦德说，"但是最近我一直在思考这些问题，我不知道自己究竟应该站在哪一边。我为'魔鬼'以及他的门徒，就好比利弗尔那样的人深表遗憾。魔鬼总是打败仗，而我却总是喜欢同情失败者。这个世界上有一本专谈德行的《圣经》，书里劝人如何行善，然而却没有一本《坏经》去教人如何施暴。没有哪一个像摩西似的人物替恶魔写一部十诫，也没有十二使徒来为魔鬼树碑立传。所以，邪恶之人，人们就没有办法判断了。我们一点也不了解魔鬼是什么样的。我们从学校老师和父母那里听到的都是各种耶稣行善的传说故事，却没有读到任何一本魔鬼留下的描写各种施暴、邪恶的书，没有任何关于恶人的道德说教性的寓言以及民间传说。"

"所以，"邦德继续有兴致地说道，"利弗尔的那些种种恶行就是对'恶'的最好的诠释。或许他就是在用现今存在的邪恶来想方设法创造出一种邪恶的标准。我却愚蠢地用尽办法摧毁了他的邪恶，而使与他的邪恶对立的善良标准得以存在，因而我受到了他的惩罚。对他的认识我们还停留在肤浅的表面，我们仅仅享有一种估计和看见他的邪恶的特权。"

"真是妙啊，"马西斯仍然在揶揄邦德，"我太佩服你的妙论了。照你这么说，你就应该天天遭受点折磨，而我呢，也应该做点什么坏事，并且越快越好。不过可惜的是我真的还没做过什么坏事，真不知道从何处着手。放火、强奸、杀人？不，这些都是算不上过分的小过失。到底该怎么办？我还真得向你请教。"

说完，他的脸色变得有些难看。"哦，我亲爱的邦德，可是我们有良心。假如我们真的去干罪恶的勾当时，我们的良心何在呢？良心这种东西是非常奇妙的，想躲也躲不掉。以上这个问题，我们一定得认真地考虑，否则我们就算在尽情享乐时良心也会受到谴责。也许，我们在干坏事情之前，应当首先把良心除掉，可是那样一来，我们可能会变得比利弗尔更坏。"

"亲爱的邦德，对你说来，也许这是一件很容易的事。你可以辞掉这个工作，开辟另外的新天地。而且这样做非常简单，辞职的左轮手枪在我们每个人的口袋里都有，如果你不想干的话，只需要扣一下左轮手枪的扳机就行了。不过，与此同时，这颗子弹打在了你的良心和你的祖国上。这一颗子弹既害己又害国！多么棒呀。可真是一件了不起的大事业！看起来我得赶紧投身于这个大事业才好。"

他抬腕看了看手表。

"啊呀，我必须得走了。我与警察局长的约会已经迟了半个小时了。"

他大笑着站起身。

"我亲爱的邦德，你真的应该去各个学院开设课程，把你的理论向人宣传宣传，谈论一下这个令你心神不宁的大问题，谈一谈你是怎样区分歹徒和英雄、好人和坏人等问题。当然了，这些问题很难回答，每个人的生活和经历不同，得到的答案也就大相径庭。"

马西斯在门口站住。

"你刚才承认说利弗尔对你个人滥施淫威，而且还说假如他现在出现在你眼前的话，你会马上杀死他，是这样吗？"

"那我可以告诉你，当你回到伦敦时，你会发现一个又一个的利弗尔在想方设法杀死你以及你的朋友，毁掉你的国家。他们的种种罪恶行径,M局长将会和你谈起。现在既然你已经亲身领略了坏蛋的手段,他们能够坏到什么程度,也就不难想象了。这样的话,你就应该挺身而出,为保护你自己以及你所热爱的人民而把他们摧毁。对此你是不会有什么异议或袖手等待的,因为他们是个什么模样,你现在已经知道了,他们对人民的危害,你也已经了解了。也许这样,你便会更加正确地对待你的工作。或许你坚持只去摧毁纯粹属于黑色的目标;然而最终你可能会发现周围的黑目标多得数不胜数,足够让你对付一辈子的。而当你坠入了爱河,有了一个妻子或一个情妇,有了需要照顾的孩子时,你干起来就会更起劲了。"

马西斯把门拉开,站在门槛上。

"我亲爱的邦德,在你的周围有很多好人,和这些人交朋友远比你整日地思考这些教条和原则更愉快、更真实得多。"他大笑起来。"不过你可别忘了我啊,一直以来我们都合作得不错嘛。"

他朝邦德挥了一下手,关上房门。

"喂!"邦德想把他叫回来。

可是,脚步声已经迅速到了走廊那头了。

第二十一章
互生情愫

第二天，邦德要求见琳达。

前几天的时候，他并不想见她。护士小姐告诉他，琳达每天都来疗养院，向护士询问他的情况，而且还送来了鲜花。邦德天生并不怎么喜欢花，他让护士小姐把鲜花送给了另外一个病人。这样做了两次后，琳达就不再送花来了。并不是邦德想要得罪她，主要是他不愿把自己身边的气氛弄得太女人气。鲜花既能转达送花人的问候和致意，也能转达爱情和同情。邦德不喜欢别人同情他，更不喜欢受人娇养和宠爱，因为他觉得这样他便成了笼中之鸟，或瓶中的花，失去了宝贵的自由。

邦德不想跟琳达解释这个问题。同时他也不好意思开口向她问一两个他至今都模糊不清的问题，那就是事故发生时她到底作何表现。她的回答一定是要证明她自己是个无辜的受害者。然后邦德将把一切报告给 M 局长，让 M 局长来思考这些问题。当然了，对于琳达他不愿意过分地指责，因为那样可能会使她丢掉工作。

另外就是，他心底里承认，还有一个比较伤脑筋的问题也是导致他迟迟不肯见琳达的重要原因。

医生常常和邦德谈论他的伤势。他总是对邦德说，邦德的身体所经受的重创不会留下可怕的后遗症。他曾经说过，邦德的身体会完全恢复，并且不会失去任何的生理机能。但邦德的神经和双眼方面的敏感度与医生给他的这些令人愉快的保证并不相符。他的伤口和肿块还非常疼。当那些镇痛剂的作用消失后，他便又处于异常的痛苦之中。首先，他总是被那些痛苦的回忆折磨着。被利弗尔毒打可能要患阳痿病的思想一直在折磨着他的神经。精神创伤已经烙在了他的心灵深处，而这种创伤只能通过以后的实际经历来慢慢治愈。

自从在隐士酒吧里，邦德第一次见到琳达以来，他就认定琳达就是自己理想中的那个人。他知道假如那天在夜总会琳达的反应更加热情一些，假如没有发生那天的意外，假如没有发生绑架事件，他那天晚上就会和她共做鸳鸯梦了。甚至后来他在利弗尔的汽车里以及别墅外看到她那裸露的双腿、想象着她身体的其他部位时，他还立即涌起了一阵强烈的欲望。

而现在他终于可以再次见到她了，他却担心起来，担心自己的身体和神经在她那富有魅力的美貌面前没有反应，担心自己没有了性的冲动，担心自己会对她冷漠无情。

他在心里已经把他们之间的这一次见面当作一种考验，很想知道却又怕知道这次考验的结果。他承认，这就是他把他们俩的再次相见拖延一个多礼拜的真正原因，这样的话，他就可以让自己的身体恢复得更好一些。本来他还想再拖一段时间，然而他又明白，给 M 局长的报告不能再拖延了，必须马上着手写，要不然的话伦敦方面的使者随时有可能过来，对整个事件的过程做记录。今天相见与明天相见差不了多少，况且，到最后，他还得见她的。因此到了第八天的时候，他表示愿意见她，见面的时间安排在大清早，因为经过一夜的睡眠后，头脑最清醒，他也会感到精力充沛。

不知为什么，他原本以为她肯定会是弱不禁风、苍白无力的样子，然而他根本没有想到在自己面前出现的是一个朝气勃勃、健康红润的姑娘，她身穿一件奶白色的柞蚕丝衣服，系着一根黑色的腰带。她愉快地穿过门，走到邦德的床边微笑着看着他。

"天啊，琳达。"邦德做了一个欢迎的动作说道，"看上去，你的气色好极了，你肯定是从泥坑里拔出来的，你怎么晒得这么黑？"

"我感到非常惭愧。"她在他身边坐下说道，"你躺在病床上的时候，我却天天下海去游泳。医生说我必须得游泳，S 站站长也说我必须每天去游泳。我想，他们的建议也蛮有道理，天天待在房间里闷闷不乐地熬时间对身体也没什么好处。于是，沿着海岸，我找到了一块非常好的沙滩。我每天吃完午饭，拿着一本书去那儿，回来的时候只需要在沙丘上走很短的一段路就能到达车站。我尽量不去想，那是通往那幢别墅的路。"

她说话的声音颤抖着。

一提到那幢别墅，邦德的双眼就闪动起来。

她没有因为邦德的沉默而停止说话，而是鼓起勇气继续说了下去。"医生说，很快，你就能自由活动了。我想也许……也许过一段时间我可以带你去那个海滩。医生说游泳对你的身体有一定的好处。"

邦德哼了一声。"我什么时候能够游泳，只有天知道了，"他说，"医生简直是在胡说八道。就算我真的能够游泳的话，也是先一个人躲起来练练才好。我可不想吓坏了别人。"他看了一眼床上的身体，"我的身上到处都是伤疤。不过你可以自己去海滩，我没有任何理由阻止你去享受游泳的快乐。"

听着他这样凄凉的话，琳达被吓愣了。

"非常抱歉，"她说，"我仅仅是想……我仅仅是想设法……"

突然她眼睛里溢满了泪水，强忍着呜咽地说："我只是想……我只是想帮助你恢复健康。"

她说话的声音哽咽住了，无限悲怜地看着邦德，承受着他那带着责难性的态度和目光。然后她将脸埋在双手里，情不自禁地痛哭起来。

"我非常抱歉。"她哽咽着说道，"我很对不起你。"她伸手从提包里摸出一块手帕。"这完全都是因为我的过错，"她用手帕轻拭着眼睛，"我知道这些全都是我的过错。"

邦德马上变得温和起来，他伸出一只裹着绷带的手，放在琳达的膝上。

"没有关系的，琳达。我很抱歉刚才我的态度那么恶劣，这仅仅是由于我很嫉妒你能在日光下沐浴，而我却只能躺在病床上。只要我身体好一点，我就跟你去那儿，看看你的那个海滩。这正是我求之不得的事情，能够走出医院陪你去游泳那真是再好不过的事情了。"

琳达握了握他的手，随后站起来，走到窗户旁边。赶忙把脸上的泪水擦掉，修饰了一番，然后，走回到床边。

邦德温情地看着她，就像所有内心严厉、外表冷漠的男人一样。

事实上，他非常容易动感情，更何况，琳达又是那样的美丽。邦德感觉到自己非常喜欢她，他决定尽可能温和、自然地提出自己的问题。

他抽了一支烟递给她，两个人谈了一会儿伦敦对击败利弗尔的反应以及 S 站站长的来访。

从她所说的这些情况来看，很显然这一次的行动计划已经取得了预料不到的成功。

行动的故事仍然在全世界流传着，来自美国和英国的许多特派记者纷纷来到矿泉王城，都想采访到在赌桌上击败利弗尔的那个牙买加的亿万富翁。他们顺藤跟踪到了琳达这儿，但是她很机灵地搪塞了过去。她对那些记者说，那位牙买加大富翁将用他赢来的巨额赌本去蒙特卡洛和戛纳再做一次豪赌。于是那些跟踪的记者大军去了法国北部。警察局和马西斯去掉了所有其他的踪迹，报纸记者只好把注意力集中到法国工会总部和斯特拉斯堡目前的混乱状况上。

"对了，顺便问一句，琳达，"邦德停了一会儿说，"那天晚上，你从夜总会出来以后，到底发生了什么事？我所看见的情景仅仅是你已经被他们绑架了。"他把那天晚上在赌场外面看见的情景大概地告诉了她。

"我想，我那时一定是昏了头，"琳达避开邦德的眼睛说道，"当时，我在赌场大厅四处都找不着马西斯时，我就走出了大厅，看门人问我是否是琳达小姐，然后就对我说那个送纸条的人正在台阶右侧的一辆汽车里等着我。我认识马西斯的时间只有一两天，还不清楚他的工作方式，因此我心里没有任何疑虑地走下台阶，向那辆汽车走去。汽车隐隐约约停在右边不远处的阴影里。就在我朝那辆汽车走过去时，从另一辆汽车的后面跳出来两个人，他们把我的裙子往上一掀，便把我的头和手蒙得严严实实。"

说着，琳达的脸发红了。

"这种说法听上去很幼稚，"她用后悔的眼光看着邦德，"但是当时确实十分可怕。我完完全全变成了一个囚犯，尽管我大声地叫喊，但我想我的声音却不会从裙子里传出来。我使尽全身的力气踢他们，但是丝毫没用处，我的两条胳膊已经完全失去了作用。我就像一只被捆起翅膀的小鸡一样。那两个人把我拎起来，塞进汽车的后部。我不断地挣扎反抗，汽车发动之后，当他们想拿一根绳子绑住我头上的裙子时，我设法挣脱出来一只手，把我的那个手提包从车窗扔了出来。我当时想这样做或许有点用。"

邦德认可地点了点头。

"这不过是一种本能的反应。我那时想，你不会知道我已经出了事。情急之下，反倒想出了这个办法。"

当然，邦德清楚利弗尔他们要追捕的是他，就算琳达不把她自己的手提包扔出来，只要那些人一看见邦德出现在台阶上，他们自己也会把这个手提包扔过来的。

"这么做当然是有用的。"邦德说，"可是，后来我被他们抓进车里，同你说话时，为什么你没有做出任何反应？我当时很担心你的生命安全，还以为他们可能把你击昏了过去呢。"

"我想说不定真的是昏了过去。"琳达说，"由于缺氧，我曾经昏过去一次。当我昏过去时，他们把蒙在我脸前的裙子开了一个洞，让我能够呼吸。可是后来我又失去了知觉。等到了那幢别墅之后，我的意识才慢慢复苏。当我听到你在过道里叫喊着，朝我追过来时，我才知道你已经被捕了。"

"他们难道没有碰你？"邦德略微迟疑了一下问，"在利弗尔拷打我时，他们没想玷污你？"

"没有。"琳达说，"他们仅仅是把我扔在椅子里，自己在旁边打牌、喝酒，然后他们就去睡觉了。我想这可能就是为什么'锄奸团'的那个蒙面人能轻易地杀掉他们的原因。他们把我绑起来，面朝墙壁放在墙角的另一张椅子上，所以'锄奸团'组织那个家伙的模样我并没有看见。当时我听到了一些奇怪的声音，我还以为那声音是他们发出来的。接下来传来的声音表明，一个人倒在了椅子上。然后就是一阵轻轻的脚步声，门被关了起来。接下来就是一片沉静，几小时之后，警察与马西斯闯了进来。在这几个小时的大部分时间里我都是似醒非醒，昏昏沉沉。你的情形怎样我一点儿也不知道。然而，"她说话的声音颤抖起来，"我的确听到过一次十分可怕的叫喊声，声音好像很远，但是至少我能听出那声音一定是叫喊声。那个时候，我以为我是在做噩梦。"

"我想那种声音肯定是我发出来的。"邦德说。

琳达轻轻地抚摸着邦德的手。她的眼睛里含满了眼泪。

"太可怕了，"她说，"那些人对你那么残酷。而这些全都是我的错。如果……"

她将脸又埋进了双手中。

"没有关系的，"邦德宽慰她说，"悔恨是没有用的。幸好这一切都已经过去了，谢天谢地，他们没有玷污你。"他拍了拍琳达的膝盖，"他们打算把我折磨够之后，就要对你下毒手了。我们还真得谢谢'锄奸团'

组织的那个人呢。现在好了，不要再难过了，就让我们一起忘掉这件事吧！不管怎么说，最值得欣慰的是，你没有受到那种伤害。这事要是换了另外一个人也会落入那张纸条设下的陷阱里的。不过，我们毕竟从他们的魔掌中逃了出来。"他愉快地说道。

透过泪水，琳达高兴地看着他。"你真的不再怪我啦？"她问。"我还以为你永远都不会原谅我呢。我……我会想尽办法报答你的，无论如何一定要报答你。"她看着邦德。

无论如何一定要报答？邦德暗自心想。他看着琳达，她正朝着他微笑，他也向她笑了。

"你最好还是留点儿神。"他说，"要不然我会紧紧缠住你这句话不放的。"

琳达看着邦德的眼睛，什么话也没有说，然而，她的眼睛里却流露出一种高深莫测的挑战神情。她抓着他的手，站起身。"诺言就是诺言。"她坚定地说。

这一次，他们两个人都明白这个诺言的内容是什么了。

她从床上拿起自己的手提包，向门口走去。

"明天，我还能来这儿吗？"她一本正经地看着邦德。

"来呀，欢迎你来，琳达。"邦德说，"我喜欢你经常来，这样可以增进我们之间的相互了解。我真盼望着能够早日下床，然后我们要一起做很多有趣的事情。你考虑过这些事吗？"

"想过，"琳达说，"现在就盼望着你能尽快恢复健康。"

他们相互凝视了对方一会儿，然后琳达走出去，关上了门。邦德听着她的脚步声慢慢消失在远处。

第二十二章
驶 向 海 边

就从那天起，邦德的身体恢复的速度大大地加快。

他坐在床上，开始起草交给 M 局长的报告。他对他和琳达之间的关系以及她那比较幼稚的行为一笔带过，对绑架者的不择手段和绑架过程的紧张激烈程度却大加渲染，这样就可以逐一为他的女助手开脱。他表扬了在整个事件过程中琳达表现出的沉着和冷静，但是省略了她的一些很难符合逻辑的行为。

每天，琳达都来疗养院看他，他总是心情激动地期盼着这一时刻的到来。琳达高兴地谈论着前一天发生的有趣事情，谈论着她去海滩游泳的乐趣，谈论着她就餐的那些餐馆。她已经与警察局长交上了朋友，跟赌场里的一个董事也成了好朋友，正是他们在晚上的时候带她出去玩，还经常在白天的时候借给她一辆汽车去兜风。另外，她还监督着宾利轿车的修理工作。甚至，她已经安排人从邦德在伦敦的公寓里送些新衣服过来。他在宾馆的衣柜里没有留下一件好衣服，为了寻找那四千万法郎，敌人把他的每件衣服都划成了碎布条。

他们俩谁也不提利弗尔的事情。琳达不时地告诉邦德一些从 S 站站长那儿得到的逸闻趣事。很显然，她是从皇家海军妇女勤务队调到情报局的。邦德也给她讲述了一些他在情报局里的奇闻逸事。

渐渐地，邦德发现自己和琳达无话不谈，十分亲密。为此，他感到十分惊讶。

一般情况下，他跟绝大多数女人在一起时，态度总是沉默寡言，但是却有强烈的性冲动。女人对他的长时间的挑逗让他觉得很讨厌，因为在这种过程中必然会产生一些接连不断的纠纷。他发现世上每一个人的爱情故事都是千篇一律的，呈现一种固定的模式：互相钟情，携手言情，拥抱接吻，肌肤相亲，床上的高潮，以后是更多的床上行为，然后这种行为慢慢减少，接着便出现了厌倦的情绪，还有眼泪，最后只剩下了苦涩。对他来说这个过程一点儿不陌生，他也曾经有过几次艳遇，依旧是老一套：在出租汽车里、在餐馆、在舞会上约会、在他或她的公寓里约会，然后周末两人一起去海边，然后再次在双方的公寓里约会，接着就是偷偷摸摸地各自找借口不见面，最后便是彼此生气地告别，脚步声在雨中渐渐消失。

但是这一次，与琳达在一起，全然没有这一套。

每天，她的到来，给这种讨厌的治疗和这间昏暗的屋子增添了希望和欢乐。

他们像同伴或挚友似的聊天，闲话家常，却从来都不提"爱情"这两个字，但在彼此的心中都很明白，在言语的背后隐藏着她没有明说的那个诺言的内容，在一定的时候，这个诺言便会兑现的。然而一层创伤的阴影仍覆盖在这诺言的上面。创伤愈合得越慢，邦德就越觉得自己好像宙斯之子，因为泄露了天机而被罚永世站在有果树的水里，水深及下巴，口渴想喝水的时候水便减退，饥饿想吃果子的时候树枝便会升高。

最终，邦德的身体逐渐复原起来。他被医生允许可以在屋子里自由活动，接着又被允许可以坐在花园里。再往后他可以做短时间的散步了，到最后他竟然可以长时间的小跑了。

一天下午，医生从巴黎坐飞机来看他，郑重地向邦德宣布他的身体痊愈了。琳达捎来了他的替换衣服。他与护士们一一道别，他们乘一辆出租车离开了疗养院。

从他濒临死亡的边缘到现在已经有三个星期了。此时是 7 月份，炽热的太阳炙烤着海滩，使得远处的波浪在闪闪发光。邦德的心都要醉了。他们将要到达的目的地也让他感到十分惊奇。他并不想继续去住矿泉王城的某一个大饭店，而琳达说她将会找一个离矿泉王城很远的地方。然而对那个地方她始终保密，仅仅是说她已经找了一个他肯定会喜欢的地方。他十分乐意听由她摆布，但是并不是没有条件地服从。他向她要求他们此次的目的地要在海边。他十分喜欢具有乡村气息的东西，甚至体验一下设在房子外边的土茅坑、蟑螂和臭虫也无所谓。

然而，一件奇怪的事情使他们此次的行程蒙上了一点点阴影。

当他们的车子沿着海岸公路朝莱斯诺克太布尔的方向驶去时，邦德向琳达绘声绘色地描述当时他是怎样用宾利轿车拼命地追赶她的，最后还向她指了指汽车被撞之前所走的弯道以及利弗尔那伙人安放道钉板的精确地点。他让司机把车子开慢一点，自己则把头伸出汽车车窗，向琳达指着那些宾利轿车的钢质内轮在柏油马路上辗过的深深的痕迹，还有汽车停下后泼出的一摊油迹以及树篱倒下的枝条。

然而在他讲述的过程中，琳达烦躁不安，心不在焉，仅仅是偶尔简单答应几句。邦德发现琳达向反光镜中瞥了一两次。可是，当他转过脸透过汽车后窗向后望去时，汽车正好转过一个弯道，因此他什么也没有看见。

最后他拿起琳达的一只手。

"你在想什么呢，琳达？"他说。

她神色有些紧张地向他微笑了一下。"没有想什么，什么也没有想，我只是感觉有人在跟踪我们。不过，我想，可能这仅仅是一种神经过敏。在这条路上充满了幽灵。"

在一阵大笑声的掩饰下琳达又回过头去。

"看！"她带着一种惊恐的声调叫了起来。

邦德转过头。没错，在四分之一英里以外的地方，一辆黑色的大轿车正不紧不慢地跟在后面。

邦德哈哈大笑起来。

"这条公路又不是我们的私人所有，"他说，"此外，有谁会跟踪我们呢？我们的车又没有违反交通规则。"他拍了拍琳达的手。"那辆车里的司机肯定是一个去勒阿弗尔推销商品的推销员。他也许正在想着午餐吃什么或者什么时候跟在巴黎的情妇约会呢！真的，琳达，你可不能把无辜的人当作坏人啊！"

"但愿你的话没有错。"她紧张地说，"再说了，我们的目的地也快到了。"

琳达又沉默起来，眼睛盯着车窗外面。

邦德感觉到她内心非常紧张。他估计她是因为近一段时间他们俩的冒险经历而心存余悸。为了逗乐她，他决定开一个玩笑。前方的路上分出来一条通往海滨的小道。当汽车减慢速度向小巷拐去的时候，他要求司机在小道前面停下车。

在高高的篱笆的掩护下，他们透过后车窗向外观望。

周围除了夏天虫鸟的叫声外，还能够听见一辆汽车向他们驶来的声音。琳达的手指捏紧了邦德的手臂。当那辆汽车向他们躲藏的地方开过来时，并没有改变汽车的速度，而是从他们的旁边驶过。他们只能略微地看见那个男人的侧影。那个男人的确朝他们躲藏的地方瞥了一眼，但是在他们俩躲藏的树篱的上方有一个指向这条小道的、色彩鲜艳的招牌，上面写着："供应清蒸蟹、油炸鱼、虾、水果。"

邦德认为，正是那块招牌吸引了那个司机朝他们这边看。

当那辆汽车逐渐消失在路那边时，琳达倚靠在车门旁，她的脸苍白而没有血色。

"那个人在看我们。"她说，"刚才我就说过，我们被人盯上了。现在我们在哪儿，他们知道了。"

邦德有些不耐烦了。"瞎话。"他说。"人家是在看那个招牌。"他指着招牌对琳达说。

琳达微微松了一口气。"你真的是这么想吗？"她问。"希望如此。很抱歉，我真是有点太神经过敏了。我不知道是哪种感觉支配了我。"她把身体向前一倾，通过隔板向司机说了一句话，汽车就继续向前行驶了。她仰靠在座椅背上，兴高采烈地把脸转向邦德，她的双颊上又泛起了红晕。"我真的很抱歉。只是因为……只是因为我还不敢相信那可怕的一切已经过去，不会再有人来恐吓我们了。"她压着邦德的手，

"你肯定认为我非常愚蠢。"

"我当然不会这么想的。"邦德说,"但是,目前的确不会有人再对我产生兴趣了,把这些都忘掉吧。整个行动已经结束了,敌人已经被消灭。现在是我们的假期,我们可千万别让乌云遮掩了这明媚的阳光,好吗?"

"是的,是不应该再有乌云了。"琳达轻轻摇着头,"我简直太兴奋了。马上,我们就能到达目的地了,我想那个地方你一定会喜欢的。"

他们俩倾着身子向前方张望,琳达的脸上又显露出活泼的神色,刚才的那个事件仅仅是在空中留下了一个小小的问号。随着汽车穿过沙丘,看见了大海以及森林中朴实无华的小饭店,那个问号也渐渐地消失了。

"我猜想,这家旅店并不十分豪华,"琳达说,"然而它的房间非常干净,饭菜也非常可口。"她有点不安地看着他。

其实她根本用不着担心。一看见这个地方邦德就喜欢上了它——低矮的两层楼房子,有着鲜艳的砖红色遮篷的窗户,几乎通往最高处海潮标志的台阶,金色的沙滩以及蓝色的月牙形水湾。他的一生中曾经无数次地梦想过找到这样一个幽静的角落,不管世界发生了什么事情,从黎明到日落他一直都生活在大海边!此刻,他的那个梦想终于实现了,他将在这儿度过整整一个礼拜。而且还有琳达做伴!他心里暗自规划着那即将来到的幸福甜蜜的日子。

他们的汽车在屋后的院子里停下,旅馆老板与他的妻子走出来欢迎他们的到来。

这家旅店的店主弗索克斯先生是一位失去一条手臂的中年人。他的那只手臂是他为自由法国而战时失去的。他与矿泉王城的警察局长是好朋友，这位地方长官向琳达推荐了这个旅馆，并通过电话和旅馆老板说了这件事。

所以，一切都已经为他们安排妥当。

弗索克斯太太正忙着准备饭菜，不时地插上几句话。她腰上系着一条围裙，手里拿着一把汤匙。她比她的丈夫年轻，圆圆的脸庞，人很温和，模样也还过得去。邦德一眼便猜出，他们肯定没有孩子，因此他们把自己的感情给了一些常来的客人，给了他们的朋友，也给了那些供玩赏的动物。他想，他们的生活可能并不宽松富裕，因为在冬季这家饭店肯定非常清闲。到那时他们只有与松林中的风声和辽阔的大海做伴了。

店主带领着邦德和琳达来到他们的房间。

琳达的房间是一间双人房，邦德则住在隔壁的一间角房里。他房间的一扇窗户面对着遥远的海湾，另一扇面对大海。浴室就在他们这两间房的中间。

一切都很舒适、很干净。

当他们俩露出满意和高兴的神情时，店主显得十分得意。他说七点半的时候开始吃晚餐，老板娘正在准备为他们烤龙虾。他带着歉意地说，这段时间会很清静，由于现在是星期二，等到了周末的时候，来这儿的人就会多起来的。这不是旺季，通常来说，住在这里的多数都是英国人，然而英国的经济现在也不太景气。所以只是逢周末，英国人才来这儿，在矿泉王城俱乐部赌输了钱以后就马上回家。与往日大不能相比了。他达观地耸了耸肩膀。

可是，没有哪一天和昨天是相同的，也没有一个世纪是和前一个世纪是一样的，没有……"的确是这样。"邦德回答。

第二十三章
陷　入　情　网

　　他们在琳达的那间房门口谈着话。店主离开之后，邦德把琳达推进屋里，关上了房门。然后，他双手抱住琳达的肩膀，捧着她的双颊吻了吻。"这儿是我们两个人的天堂。"邦德说。

　　此时此刻，琳达的眼睛里闪动着光芒。她举起双手，抚摸着邦德的前臂。邦德紧紧地用两只手臂搂住她的腰。琳达抬起头，两片有些湿润的嘴唇微微张开。"亲爱的。"邦德说着，吻起琳达的嘴来。开始，琳达很不自然，接着也冲动地回吻邦德。邦德用双手紧紧把琳达拉向自己的身体。琳达把嘴移向一边，大口地喘着气，然后他们又紧紧地贴在了一起。邦德用双唇吻着琳达的耳朵，他感到了她乳房的温暖。接着他抬起双手，捧着琳达的脸，再次亲吻着她……最后，琳达推开邦德，精疲力竭地坐在床上。两个人都很激动地看着对方。

　　"对不起，琳达。"他说，"我本来并不想这样的。"

　　琳达摇摇头，显然思绪还沉浸在刚才的激情之中。

　　邦德走过来，坐到她旁边，他们久久地深情地看着对方，感情的潮水逐渐地从他们的血管中退去。

　　琳达向邦德倾过身体，亲吻他的嘴唇，接着她理了理垂落在潮湿的前额上的黑色刘海儿。

"亲爱的，"她说，"请给我一支香烟，好吗？不知道我的手提包放在哪儿了。"

她扫了一眼房间四周。

邦德为她点好一支烟，动作轻柔地塞进她的双唇间。她深深地吸了一口。随着一阵轻轻的叹息，嘴里喷出一缕烟雾来。

邦德伸出了手臂想搂住她，可她却站了起来，走到窗户旁边。站在那儿一动不动，背朝着他。

邦德低头看看自己的双手，发现那双手依旧在颤抖。

"我们做好准备等着吃晚饭的时间吧。"说这话时琳达仍然没有看他。

"你为什么不去海边游泳？我会替你收拾好行李的。"

邦德离开床，走到琳达跟前。他伸出手紧紧搂着她，双手又碰到了她的乳房。

他感到了那对乳峰的起伏。琳达把双手放在邦德的双手上面，紧紧地压着，然而，她依然没有看他，只是盯着窗外。

"现在不要。"她低声地说道。

邦德弯下腰，亲吻着她的颈背。他用力地抱了她一下，然后松手放开了她。

"那好吧，琳达。"他说。

他走到房门口，回过头看了看。她依旧没有动弹。邦德觉得她似乎在抹眼泪。便又朝她走了一步，却又不知道该说些什么好。

"我的宝贝。"他说。

他迟疑了一下，还是走出房间，关上了房门。

邦德走到他自己的房间里，坐在床上。因为刚才激情的冲动，此刻，他显得很疲乏。他特别想躺在床上好好睡一觉，又想走到海边清醒一下头脑，恢复一下自己的精力。

在这两种选择中，他徘徊了一会儿，然后他便走到行李箱旁，取出一件深蓝色的睡衣和白色尼龙游泳裤。

邦德不喜欢睡觉时穿睡衣，他宁愿什么都不穿睡觉。"二战"末期在香港的时候，他发现了这种非常理想的类似睡衣的衣服。这种衣服长不过膝，而且没有纽扣，但是腰上却有一根很宽松的带子。袖子又宽又短，只到胳膊肘弯处。穿着这种睡衣既舒适又凉快。

现在当他在游泳裤外面套上这件睡衣时，身上的那些累累伤疤都被遮盖住了，只是手腕和脚腕上的伤痕与右手上"锄奸团"的印记遮盖不住。

他穿上一双深蓝色的皮凉鞋，下了楼，走出旅馆，穿过斜斜的坡，来到了海滩。在他从旅馆大门经过时，他想到了琳达；但是他故意把头低下，不去看她是不是仍然站在窗旁。此刻他宁愿看不见她的眼光。

沿着海滩的吃水线邦德走在松软的金色沙滩上，身后的旅馆逐渐在视野中消失。

他脱掉睡衣，猛跑了几步，迅速地跳进海浪里。海滩随之迅速倾斜。他在水中憋了很长的时间，用力地划着双臂，全身都感觉到一种润滑的凉意。接着他浮出水面，拂开搭落在眼上的头发。此时已经接近七点，阳光已失去了它的热度。过不了多长时间，太阳就会沉到海湾下面。然而此时，阳光还是有点刺眼。他仰起脸游着，想尽量多在水里待一会儿。

当他游到距离海湾不到一英里之时，他放在远处的睡衣已经被阴影吞没了，然而他知道在夜幕来临之前，他还有时间躺在松软的沙滩上，然后把身体擦干。

他脱掉游泳裤，俯身看着自己的身体。身上的伤疤不算太多。他耸耸肩膀，躺倒在地上，四肢呈星状伸展开来，抬头仰望着空寂的蓝天，心里思念着琳达。

他对琳达的感情迷惑不解，对这种迷惑又感到不耐烦。这种不耐烦的原因非常简单。他想尽快与她交欢，因为他非常喜欢她，也因为他承认，他想试一下自己的生理机能恢复没有。本来他仅仅是打算完成这次的任务之后和她在海滨同居几天，然后返回伦敦，再以后就是各奔东西了。今后他有可能会辞职不干，或者也有可能去国外执行一项任务，就如同他盼望已久的那样，去世界的其他的地方旅行。

然而，在过去的那两个星期里，他的感情发生了巨大的变化。他发觉自己越来越喜欢琳达，甚至产生了想与她成为终身伴侣的想法。

他觉得琳达是一个很理想的伴侣，但是她的性格却又是那么捉摸不定，这种捉摸不定的性格反而更加刺激着他。琳达从不轻易流露真情。尽管他们在一起的时日已经不短了，但是她内心深处隐藏着某些他无论如何也探测不出的东西。她非常聪明，对人体贴细心，但是又绝不会任人摆布。她情感丰富，但是他想征服她的身体，却不是件容易的事。每一次抱着她，尽管自己的感情并没有达到高潮，但是那种过程却都是那么激动人心。他心里想，最终她会屈服的，会热切地享受着她还从来没有经历过的亲密的快乐。

邦德就这样赤裸着身体躺在那里，一面胡思乱想，一面凝望天空，竟一点也没有觉察到渐渐暗下来的天色。当他转过头，朝海滩看时，才发现海岬的阴影几乎已经到了他的跟前。

他站起身来，拂去身上的沙子。他想，等回到房间后先洗一个澡。他心不在焉地捡起那条游泳裤，沿着海滩向旅馆走去。当他走到下水处的时候，他俯身拿起睡衣，这才发现自己仍然赤裸着身体。他嫌穿游泳裤有些麻烦，于是直接穿上那件轻便的睡衣，径直朝饭店走去。

这时，他脑子里已经有了下一步行动的主意。

第二十四章
爱 到 浓 时

　　当他回到自己的房间时，十分惊讶地发现自己所有的东西全被收拾妥当了。在卫生间里，他的刮脸用具和牙刷整整齐齐地放在洗脸盆上方的玻璃柜的一端。而玻璃柜的另一端则是琳达的一两只小瓶子以及牙刷，另外还有一瓶雪花膏。他朝这些瓶子看了一眼，吃惊地发现其中的一个瓶子里竟然装着安眠药片。看来那次的别墅事件给她造成的刺激远远要比他想象的严重。

　　浴盆里，琳达已经为他放好了水，旁边的一张椅子上放着一瓶昂贵的新洗浴剂以及他的毛巾。

　　"琳达。"邦德喊道。

　　"嗯？"

　　"你的服务简直是到了极点，你这样让我感到自己像一个了不起的男人。"

　　"我是奉上级的命令照顾你的，我仅仅是按照上级的命令去做而已。"

　　"亲爱的，这洗澡水的温度正好。你愿意接受我的求婚吗？"

　　琳达嘴里哼了一声，"你所需要的只是一个佣人，而不是一个妻子。"

"我真的非常需要你。"邦德说。

"不过，我现在只需要香槟和龙虾，所以请你快一点吧。"

"好的，好的。"邦德说。

他用毛巾擦干身体，换上一件白色衬衫和一条深蓝色便裤。他希望琳达也穿得朴素些。

当琳达没有敲门便出现在房门口时，邦德觉得非常高兴。琳达穿着一件蓝色的亚麻布衬衫。

那淡淡的色彩和那深红色的百褶裙以及她双眼的颜色很协调。

"我肚子实在太饿了，我不能再等了。我的屋子正好在厨房的上面，从那里传来的香味让我直流口水。"

邦德走过去，挽起琳达的手臂。

琳达挽着邦德的手，两个人一起走下旅馆的小楼，来到平台上。餐桌已经放好，从餐厅里发出的亮光照在上面。

他们桌旁的一只金属冷却器中放着香槟。邦德往两只玻璃杯里倒满香槟。琳达忙于吃着香脆的法国面包和美味可口的炒猪肝，她往深黄色的方块形的黄油里加入了一点冰块。

他们俩时不时地含情脉脉地朝对方看一眼，然后，大口喝着香槟酒，之后，邦德又把各自的酒杯倒满。

他们俩一边吃着饭，邦德一边向琳达讲述刚才游泳的事情。他们还商量着明天早晨的活动安排。在这期间，他们彼此都没有提及感情上的事，但是与邦德一样，琳达的眼睛里流露出晚上想在一块儿的激动神情。他们不时地握着对方的手，脚也在相互碰撞，仿佛这样能减轻一些他们身体内的紧张感。

烤龙虾被端来以后，很快，他俩就把它们一扫而空，第二瓶香槟酒也只剩下了一半。就在他们往欧洲草莓上涂奶油的时候，琳达打了一个饱嗝儿。"我感觉自己吃得快成小猪了。"她高兴地说，"你总是投我所好，请我吃我最喜欢吃的东西，在这之前，我可从来没有被这样宠过。"她说话时，视线穿过平台盯着月光下的海湾，"我希望对这些能受之无愧。"

琳达说话的声音有点异样。

"你说这些话是什么意思？"邦德很惊讶地问。

"哦，我自己也不清楚这是怎么回事。我想，人们希望得到的东西应该得到，因此我或许应该得到这种优待。"

她看着邦德微笑起来，两只眼睛好奇地眯起来。

"你的确对我不大了解。"她突然说道。

她的声音里透露出严肃认真，这让邦德很吃惊。

"没有关系的，"邦德说着大笑起来，"我要永远和你在一起，我还有一生的时间来了解你。事实上，我，你才真正不大了解呢！"他又往杯子里倒了点香槟。琳达看着邦德，若有所思。"人们就好比是许多小岛，"她说，"虽然他们靠得很近，但却从不接触。因而心灵上的距离便很遥远。有的夫妻即便结婚已经五十年了，但相互也没有了解透彻。"

邦德吃惊地想，她肯定是到了"醉后伤怀"的地步。这一回她喝了太多的香槟酒，所以弄得很伤感。可是，她突然又开怀大笑起来。"别担心我。"

她向邦德靠近，将手放在邦德的手上。"我不过是有点多愁善感。无论怎么说，今天晚上我觉得我这座小岛与你那座小岛彼此贴得很近。"说完，她端起酒杯又呷了一口香槟。

邦德愉快地大笑起来，"那就让我们这两座小岛合并起来，连接成一座大岛吧！"

他说："现在就连接，就在我们吃完这些草莓之后。"

"不，"琳达急忙说，"我还要再喝一杯咖啡。"

"最好还喝一点白兰地吧。"

一个小小的阴影刚刚过去，第二个又出现了，这同样也在空气中留下了一个小小的问号。随着激情和温情再一次占据了他们的思想，迅速地，这个小小的阴影也消散了。

他们俩喝完咖啡后，邦德又倒了一点白兰地。琳达拿起手提包，走到邦德身后站着。

"我有点累了。"说着她把一只手放在邦德的肩上。

邦德抬起手，把琳达的手紧紧握住，那两只手一动也不动地在一块儿放了一会儿。

琳达俯下身，双唇轻轻拂弄着邦德的头发。随后就走了。几分钟之后，她的房间里亮起了灯。

抽完最后一根烟，邦德向店主夫妇道了个晚安，对他们安排的丰盛晚餐表示感谢，然后他上了楼。

此时时针指向了九点半，他穿过浴室，走进琳达的房间，然后轻轻关上房门。穿过半闭着的百叶窗，月光倾泻了进来。月光下，琳达那雪白的肌肤显得玲珑剔透……第二天拂晓时分，邦德在自己的房间里醒过来。他静静地躺了一会儿，回味着昨晚销魂的种种情景。然后他起床，穿上睡衣，轻轻走过琳达的房门，出了旅馆，来到海滩。

在日出时分，大海显得非常平静。微微的粉色海浪悠闲地舔着沙滩。此时海水还有点冷，但是邦德脱去睡衣，沿着海边慢慢蹚到他前一天晚上下水的地方。

然后他一步一步地、安然自得地走进海水中。随着海水越来越深，海水已经与他的下巴齐平了。他脚离地，整个人便浮了起来。他把眼睛闭起来，鼻子露在水面上，双手划着水。

他感到凉爽的海水梳理着头发，洗刷着身体。

突然一条鱼蹿了起来，打破了那平静的海面。邦德潜进水底，想象着海面上平静的情景，他希望这时琳达能够穿过松林来到海滩。当她发现他从平静的海面中突然冒出来时，她肯定会大吃一惊。

邦德在水下潜游了一分钟的时间，然后慢慢地钻出水面。他十分失望地发现，眼前一个人也没有。他又继续仰游了一会儿，当阳光变得有些炙烤时，才走回海滩上，四肢展开躺在沙滩上，津津有味地想象着今天晚上与她再次销魂的情景，他决定找一个恰当的时机，今天就向她求婚。他自认为已经下了决心，便穿上睡衣，向旅馆走去。

第二十五章
疑 心 重 重

　　当邦德从门前的小院穿过，悄悄走进那依旧没有敞开窗户的昏暗的餐厅时，他十分惊讶地看见琳达从餐厅前门旁边的一个玻璃电话间里走出来，正慢慢踏上楼梯，向他们的房间走去。

　　"琳达。"邦德叫道。他在猜，刚才她肯定是接到了一个电话，没准儿是有关他们俩的某些紧急情况。

　　琳达迅速转过身，用一只手捂住了嘴巴。

　　一刹那，她盯着邦德，眼睛瞪得很大。

　　"发生什么事了，亲爱的？是谁打过来的电话？"邦德问，心里却在纳闷儿为什么她如此吃惊。

　　"哦，"琳达大口地喘着气说，"你把我吓了一跳。刚才……我刚才给马西斯打了电话，给马西斯打了电话。"她又重复了一句。"我想让他再给我弄一件外套来。这个你是知道的，就是从我曾经对你说过的那个女友那儿弄一件衣服。你知道的。"她语速飞快地说着，有点语无伦次，"我真的没有衣服换了。可是我忘记了那个女友的电话号码，所以就求助于马西斯。我想能在他去上班之前在他家里找到他。我想，弄来的那件衣服穿在我身上一定会让你吃惊的。我怕吵醒了你，因此轻手轻脚地走路。你去游泳了吗？水的温度刚好吗？你应该等着我，咱们一块儿去。"

"游得简直舒服极了。"邦德随口应了一句。尽管对她这种明显而幼稚的秘密行动邦德感到非常恼怒，然而他还是决定先不去拆穿她。"你先回房间吧，然后我们一块儿去平台吃早餐。我太饿了。很对不起，我吓了你一大跳。其实我不过是想跟你打个招呼而已。"

他挽起琳达的胳膊，但是她挣脱开了，并快步登上了楼梯。

"看到你，我高兴极了。"她想拿这句略带感情的话掩饰自己刚才的行动。

"你看起来像一个幽灵，一个溺水的人，你的头发遮住了眼睛。"她尖声地笑起来。

由于笑得有些过头，她禁不住咳嗽起来。

"我想我大概是有点感冒了。"她说。

她越是想解释，就越是不自然。邦德本打算戳穿她的谎言，让她休息一会儿，把真情实况说出来。然而他最终还是什么也没说，只是安慰似的用手拍了拍她的后背，要她抓紧一点儿时间，他们一块儿去吃早饭。随后，他走进了自己的房间。

很显然，这件事已经给他们的关系投下了一道不浅的阴影。在接下来的一整天里他们都觉得在互相戒备。琳达似乎又矛盾又痛苦，而邦德的内心却疑团重重。他在心里一次又一次地想象着那个电话的内容。可是他却不能向琳达开口提这件事，一说起那件事琳达就会发脾气、流眼泪，甚至还指责邦德在怀疑她另有情人。

氛围变得越来越不和谐了。这是邦德万万没有想到的，他没想到事情竟会如此变幻莫测。头一天他还想象着怎么样向她求婚,第二天,一道可怕的猜疑之墙就在两人之间竖起来了。

他感到琳达震惊的程度绝不亚于他自己。假如发生了什么事的话,她一定要比他更加痛苦。第三天早上,他们俩很不自在地用完早餐,琳达说她头有点疼,要回自己的房间待着。于是邦德拿了一本书,沿着海滩漫步了几英里。在他返回饭店的时候,他心想,一定要争取在吃午餐时把这个矛盾解决。

到了午饭时候,他们刚刚坐到餐桌旁,邦德就马上为自己在电话间吓到她而给她道歉。接着他又把话题转移开,谈起自己早晨在海滩上漫步时所看到的种种景色。然而琳达心不在焉,仅仅是简单地回答着他的话。她避开邦德的目光,漫不经心地吃着饭菜,出神地看着别的地方。

当她有那么一两次没有应答邦德的话题后,邦德便沉默不语,闷闷不乐地想起自己的问题来。

突然,琳达的身体好像僵住一样,紧接着手里的叉子"当啷"一声落在了盘边,然后又掉到桌子下面,发出一阵铿锵的响声。

邦德抬起头来,发现琳达的脸色变得像纸一样白,同时还惊恐万状地看着邦德的身后。

邦德把头转过去,看见刚刚走进来一个男顾客,坐在离他们比较远的平台对面的一张餐桌旁。这个人看起来很平常,身穿一套浅黑色的衣服。给邦德的第一眼印象就是,这个人一定是一个商品推销员,沿途做生意,路过这个旅店,顺便进来吃顿午餐。

"你怎么啦,亲爱的?"他有些不安地问。

琳达的眼睛依然盯着那个男人。

"那个人就是开黑色轿车的家伙,"她用一种几近窒息的声音说道,"就是跟踪我们的那个人,我敢断定就是他。"

邦德再次扭头看了看,只见店主拿着菜单正与这位新来的顾客谈着。

这种场景再普通不过了。在看到菜单上的某一菜名时,邦德看见他们互相微笑起来,很显然他们对那个菜达成了共识。然后,店主拿起菜单,跟那位顾客谈了几句需要什么饮料的问题,随后就离开了。

那个人似乎发现自己被别人盯着一样,他抬起头,丝毫没有兴趣地看了邦德他们一眼。

接着,他伸出手从旁边椅子上的手提包里抽出一份报纸,挡起了脸,装着看起报纸的样子。

就在刚刚转头的那一瞥之间,邦德发现那个人的一只眼睛上有一个黑色眼罩。那眼罩并不是用一根带子系在眼上的,而是像一只单片的眼镜一样挂在眼睛上。不过,看起来他像一个十分友善的中年人,一头深棕色的头发向后梳去。当他与店主说话的时候,邦德看见了他那又白又大的牙齿。

邦德接着转向琳达。"不用担心,亲爱的,他看起来非常随和。你怎么就那么肯定他就是那天那个开黑轿车的人呢?话说回来,这个旅店也不是我们独自享用的呀。"然而琳达的脸色依然十分苍白,她的两只手紧紧抓住餐桌的边缘。邦德以为她要晕过去了,于是赶紧站起来想绕过餐桌走到她跟前,然而她做了一个制止他的手势。随后她端起一杯葡萄酒,大大地喝了一口。玻璃杯碰撞着她的牙齿,她连忙用另一只手帮助端住玻璃杯，这才把酒杯放下来。

"我清楚，就是同一个人。"她十分肯定地说道。

邦德想再劝劝她，可是她根本不看他，而是用一种奇怪的目光又朝他的肩头方向看了一两次，接着她声称头还在疼，下午还想待在房间里。随后她离开餐桌，径直朝餐厅门口走去，再也没有回过头来看一眼。邦德决定先让琳达的头脑平静一下。因此，他又要了一份咖啡，趁服务员还没有把它端上桌，立即站起来，快步走到院子里。果然院子里停着一辆黑色的标致牌汽车，或许这就是他们之前看到的那辆，也许不是，因为在法国这种车不下一百万辆，他迅速朝车里面瞥了一眼，里面什么都没有。他想打开行李箱看一看，然而行李箱锁上了。他记下了车牌号码，然后快步走进与餐厅相连的洗手间，拉了一下抽水马桶的拉手，等到哗哗的水声停下之后，又重新坐回到餐桌。

那个人正吃着饭菜，并没有抬起头。

邦德在琳达刚才坐过的椅子上坐下，这样他就能从正面看清楚那个人的模样了。

几分钟之后，那个人叫来旅店服务员，结了账后，告辞而去。邦德听见那辆标致汽车发动起来，很快，排气管的声音便消失在去往矿泉王城的那个方向。

当店主走到邦德的桌边时，邦德向他解释琳达小姐有点中暑。店主表示了遗憾之意，并详细谈了几乎在任何天气出门都会面临的危险因素。邦德接着漫不经心地问起了刚才那位顾客的情况。"他让我想起了一个老朋友，他也是失去了一只眼睛，而且也戴着相似的黑眼罩。"店主回答说他以前没有见过那个人。听他的口音好像是个瑞士人，自称是做手表生意的。他对这顿午饭非常满意，并且还告诉店主，一两天之后他还会从这里经过，那时，还要来这儿再吃一顿。那个人只有一只眼睛，令人非常讨厌。天天戴眼罩使那块儿的肌肉都变了形。不过他可能也习惯了。

"这的确是令人悲伤的事。"邦德说，"不过话说回来你也很不幸，"他指了指店主那无臂的袖子。"与你们相比，我应该很知足了。"

他们又聊了一会儿战争，然后，邦德站起身来。

"哦，我突然想起来了，"他说，"琳达小姐早晨的时候打了一个电话，现在由我来付款，电话是打到巴黎的，好像是一个'乐土'号码。"他印象当中记得"乐土"是马西斯的总机。

"谢谢你，先生，但是这个电话还要再核实一下。今天早晨我与矿泉王城通话时，总机那边提到我的店里的一位客人打了一个去巴黎的电话，但是电话并没人接。他们想弄清楚琳达小姐是否要保留那个电话。我已经把这件事忘了，或许先生会跟小姐提起这件事。可是，让我想一想，哦，总机那边说她拨过去的是一组'残废者'号码。"

第二十六章
依 依 惜 别

第四天是周末，一大早琳达就去了矿泉王城。来回她都乘坐的出租汽车。

回来以后，她说她还要再吃些药。

那天晚上，琳达好像特别高兴。她喝了很多香槟，当他们上楼回房间时，她领着邦德走进自己的卧室，动情地与他交欢。然而他们销魂完毕后，琳达则抱着枕头大哭起来。邦德有点摸不着头脑，只好沮丧地回到自己的房间。

可是，他怎么也睡不着。几小时之后，他听到琳达的房门轻轻打开了，接着从楼下传来了一阵微弱的声音，邦德知道她又去了电话间。不一会儿，他又听见她的房门轻声关了起来，他猜想巴黎方面依旧没有回答。

星期天中饭的时候，那个戴着一只黑色眼罩的男人又来了。当邦德抬起头看到琳达脸上的表情时，他就明白那个人又出现了。他把从店主那里了解到的情况都告诉了她，但却没有提那个人自称还要回来的事情。他担心这句话会使她更加心神不安。

在这之前，他已经打电话给马西斯，向他查问了一下那辆黑色标致汽车的来历。那辆汽车是两个星期之前从一家大公司租走的。租车的人持有瑞士护照，名字叫阿道夫·格特勒，他留的通信地址是德国慕尼黑的一家银行。

马西斯立即与瑞士警方取得了联系。那家银行的确有这个人的名字的账号，不过这个账号很少使用。瑞士警方还告诉他，据了解，这个格特勒先生与瑞士钟表工业有很深的关系。如果有人想控告他的话，可以对他展开调查。

对于这个消息，琳达耸耸肩膀，表示不屑一顾。此刻，那个人又出现在这儿。这顿中餐琳达只吃了一半，就上楼回了自己的房间。

邦德打定主意要跟琳达好好谈一谈。一吃完饭，他马上就向琳达的房间走去。可是她房间的两道门都上了锁，邦德在外面敲了半天，琳达才把门打开。

此时，她的脸就像一块冰冷的石头。邦德领着她走到床边，坐下来。"琳达。"他说着，紧紧握起她那双冰冷的手。"我们再也不能像现在这个样子生活了，这种局面必须尽快结束。你知道吗？这简直是在相互折磨。现在，所有这一切，你必须都告诉我，否则我们就分开，马上分开。"

琳达什么也没有说，那双在邦德手里的手仿佛僵直了一样。

"我的宝贝，"他说，"告诉我，到底发生了什么事情？你知道吗，那天早晨我从海边游泳回来，本来是决定要向你求婚的，可是……为什么我们不能回到当初的那段美好生活呢？要把我们毁掉的那个可怕的噩梦到底是什么？"

刚开始，琳达一声不吭，后来，一滴泪珠慢慢地从她的面颊上滚了下来。

"你是说要跟我结婚？"

邦德肯定地点点头。

"哦，老天！"她叫道，"老天啊！"她转过身子抱住邦德，将自己的脸埋在他的怀里。

邦德紧紧地抱着她。"亲爱的，告诉我。"他说，"告诉我，到底发生了什么事让你这么伤心？"

琳达慢慢停止了抽泣。"让我一个人待一会儿。"她说，声音里包含有一种新的语调，是一种屈服的语调。"我要想一想。"琳达吻了吻邦德的脸，两只手抱着他的头，深情地看着他，目光里充满了渴望。

"请你相信我。"她说，"我绝没有伤害你的意思，然而事情十分复杂，我正处在一种可怕的……"说着她又哭泣起来，像一个做了噩梦的孩子一样紧紧抓住邦德。邦德安慰着她，用手梳理着她那头长长的黑发，温情地亲吻着她。

"现在请你出去吧。"她说，"我要考虑一下，这个问题我们必须解决。"

琳达接过邦德的手帕，擦干了眼泪。

她把邦德送到门口，两人再一次紧紧地拥抱着。邦德再次亲吻了她，然后，他转身走出房间，把门带上。

就在这天的傍晚，第一天晚上的亲密和愉快又回到了他们中间。琳达很兴奋，笑起来声音很清脆，可是她的新态度让邦德很难适应。邦德实在弄不明白，为什么她的情绪会如此地反复无常。他刚想开口问她，琳达便用手捂住了他的嘴。

"现在请不要问为什么。"她说,"把这件事忘掉吧,这一切已经过去了。明天早晨我会把这一切都向你和盘托出的。"

她看着邦德,忽然间,泪水又夺眶而出。她赶忙掏出一块手帕,擦拭着眼睛。

"再给我来一点香槟。"说完,她有点不自然地笑起来,"我想多喝一点儿,你喝的可比我多,这有点不公平。"

他们坐下来一起喝着香槟。很快,一瓶香槟全喝完了。琳达站起来,一下子撞到椅子上,于是她"咯咯"地笑了起来。

"我清楚我喝醉了。"她说,"这很不好意思!詹姆斯,请别笑话我。我总算如愿以偿了。我非常快乐。"

琳达站在邦德身后,用手指梳理着他那黑色的头发。

"快点来吧!"她说。

他们在幸福的感情中甜蜜地、慢慢地度过,这样持续了整整两个小时。

就在昨天,邦德还在怀疑他们是不是能够和好言欢。现在不信任和猜疑等障碍好像已经消除了,他们之间的谈话再次充满了坦率和真诚。"现在,回你自己的房间去吧。"当邦德在她的怀抱里躺了一会儿后,琳达说。

然而,她又好像要马上收回自己刚才的话一样,把邦德搂得更紧了,轻轻地说着爱抚的话语,将自己的身体压在了邦德的身体上。

当邦德最后从床上站起来,俯身吻着她的黑发,然后亲吻她的眼睛,向她道晚安时,琳达伸出手,把电灯拉亮。

"让我再好好看看你,"她说,"你也好好看看我。"

邦德跪在她的床边。琳达仔细地看着邦德脸上的每一根线条，好像是第一次见到他一样。然后她又伸出双手，搂住邦德的脖子。她那双深蓝色的眼睛里闪动着晶莹的泪花，接着她慢慢地把邦德的头扳向自己，轻轻地亲吻着他的双唇，然后松开他，关掉了电灯。

"晚安吧，我最最亲爱的。"琳达说。

邦德俯下身，吻了吻她，嘴唇沾到了琳达脸上又涩又苦的眼泪。然后，他走向门口，转过头看着她。"我亲爱的，祝你做个好梦。"邦德说，"别担心，亲爱的，一切都会好起来的。"

说完，他轻轻地关好房门，快快乐乐地走回自己的房间。

第二十七章
香 消 玉 殒

第二天清晨，还在睡梦中的邦德被店主吵醒了。只见店主上气不接下气地冲进房间，手里举着一封信。

"不好了，出大事啦，琳达小姐她……"

邦德一个骨碌翻身下了床，冲向浴室，然而，那扇连通门被锁上了。他又迅猛地冲回来，从自己的房间穿过，沿着走廊从一个被吓得缩成一团的女仆身边挤了过去。

琳达房间的门大开着。阳光透过百叶窗，照亮了整个屋子，并直射在她的床上。

躺在床上的琳达身上盖着一条被单，留在被单外面的只有乌黑的头发。在被单下面的躯体显示出一个笔直的轮廓，就好像一尊石雕一样。邦德跪在琳达身旁，轻轻地掀开被单。

她双眼紧闭，安详地睡着，美丽的脸庞上并没有任何异样的感觉，就跟平常一样，但是，平静得太可怕了——没有呼吸，没有脉搏，双手冰凉。

过了一会儿，店主走来，碰了碰邦德的肩膀，指了指琳达身旁桌上的空玻璃杯。杯子底部还残留着一些白色粉末，旁边是她的香烟、书以及令人悲伤的口红、手帕和小镜子。地板上还放着装安眠药的空瓶子，第一天傍晚邦德在洗澡间还看到瓶里装着安眠药呢。

邦德站起身来，摇摇头。店主把一直捏在手里的那封信递给邦德。"请告诉警察局，假如他们找我，我就在我自己的房间里。"说完他迈着沉重的步子离开这间房子，没有再回头看一眼。

他回到自己的房间，在床上坐下，凝视着窗外那十分平静的大海。然后，他茫然地盯着那个信封，信封上面只有几个粗大的字："交给他。"邦德的脑子里突然闪过这样一个念头，她肯定留下了话要旅店里的人早早叫她，这样，就不会只有邦德一个人发现她死了。

邦德把信封翻过来，封口处还有点潮湿，可以看出刚封上不久。

他的肩膀颤抖了一下，撕开了信封。刚看完开头的几个词，就迅速读了下去，他一边读一边吃力地喘着气，然后把这封信扔到床上，好像这封信如毒蝎子一般。

我最亲爱的詹姆斯：

我衷心地爱你。当你看见这封信的时候，我也希望你依然爱着我，当你看到这些话的时候，也就是我们之间的爱情结束的时刻。因此，我亲爱的邦德，就让我们彼此带着爱告别吧！永别了，我亲爱的詹姆斯。

我是服务于苏联内务部的一名间谍。的确，我是一个同时为俄国效力的双重间谍。"二战"结束之后仅仅一年，我就被迫加入到他们那个组织，一直到现在。在遇到你之前，我曾经深深地爱上了一名在皇家空军服役的波兰人。这个人的档案，你可以找到，在"二战"中，他获得过两枚功勋勋章。"二战"结束以后，M局长非常欣赏他，因而他接受了专门的训练，情报局把他派回到波兰工作。后来他被敌人逮捕了，他们对他严刑拷问，从他的口中得出了许多情报，这其中就有关于我的情况。然后，他们就找到了我并对我说，假如我愿意为他们工作，他就可以活下来。他对这一切毫不知情，但是他获得了他们的允许，每月的 15 日可以给我写信。

假如我哪一天没有收到他的信，就意味着他因为我而牺牲了。为此，我整天提心吊胆。

刚开始，我只是尽量向他们提供一些无关紧要的情报，我的这句话你必须相信。后来，他们让我注意你的行动。在你被 M局长派往矿泉王城之前，我把你的一些情况告诉了他们。这就使得你到达矿泉王城之前，他们就已经熟知你的情况，并且还有充足的时间在你的房间里安装窃听器。

接下来，在赌场里的时候，他们要我不要站在你的身后，并且要我设法阻止莱特和马西斯站在你旁边。这就是利弗尔那个保镖能够差一点把你打死的原因。最后，他们又导演了我被利弗尔绑架的那一幕戏。

你可能会感到奇怪，为什么我在夜总会里那么沉默，而且还想知道为什么他们没有伤害我，因为我也服务于苏联内务部。可是，当我发现他们竟然对你下那么重的毒手，把你打得遍体鳞伤时，我决定不能再为他们这样干下去了。就在那时，我开始爱上了你。他们要我把你恢复健康期间的情况向他们汇报，但是被我拒绝了。我是受控于他们在巴黎方面的命令的。按照他们的规定，我必须每天打两个电话给

"残废者"。

自从我拒绝服从他们的命令之后，这个"残废者"电话就中断了。我很清楚，被当作人质关押在波兰的男友肯定也没命了。或许，他们害怕我把这个秘密公之于世，因此向我发出了最后的警告，说假如我再不服从他们的命令，"锄奸团"组织将会派人来干掉我。这个警告我并没有去理会，因为我已经深深地爱上了你。我原本打算我们俩在这儿尽情享乐之后，我就逃到南美去。我希望能够怀上你的孩子，然后在某个地方重新生活。然而他们已经跟上了我。就在我们来这儿度假的前一天，我就在辉煌饭店发现了那个一只眼睛戴着黑眼罩的家伙，我注意到那家伙在打听我的情况。我原本以为自己能够摆脱他的跟踪，却没有想到他又跟踪到了这儿。

我很清楚，假如我把这一切都告诉你的话，那么我们俩的爱情就彻底毁掉了。我非常清楚，事到如此，我只有两条路可走，一条是等着被"锄奸团"组织的人杀死，可那样就得搭上你的一条命。另外一条就是我自己自我解脱。在两者之中，我选择了后者。

这就是这些事情的全部。还有，我要告诉你，那个与我保持联络的巴黎方面的电话号码是"残废者"55200。另外，在伦敦，我从来都没有见过他们中的任何人。一切事情都是通过他们组织的一个中转站交办的，这个中转站的地址是：查林十字宫450号报刊经销处。

亲爱的，我真的很希望你还能允许我这么称呼你。不知你还记不记得，在我们第一次一块儿用餐时，你曾经谈起那个从捷克叛逃出来的人，那个捷克人曾经说过这样一句话："我被这世界的大风刮走了。"这句话便是我的真实写照。还有，唯一使我感到安慰的是，我设法拯救了我所爱的人的生命，夜已经深了，我觉得疲惫不堪。假如我有足够的勇气，或许你还能够拯救我的生命，可是我忍受不了你看着我时那可爱的眼神。

永别了，我亲爱的詹姆斯。

邦德把信往床上一扔，无措地揉搓着双手，眼眶里涌满了泪水。突然，他用拳头砸了一下自己的太阳穴，然后站起身来，看着窗户外面平静的大海，嘴里不住地责骂着自己。

然后，他擦干眼泪，迅速地穿上衬衫和裤子，下了楼梯，走进电话间，使劲地把门关上。

他要了通往伦敦的长途。在等电话的这段时间，他逐渐冷静下来，仔细地回忆着琳达信里的内容。所有的疑问都找到了答案。过去四个星期中的小小的问号和阴影，他当时仅仅是本能地感觉到了，然而他一次又一次地把它们否定掉了，现在这些问号和阴影就如同标杆一样清楚地一一显示出来。很明显，现在，他只能把琳达看作一个敌方间谍，把他的悲伤和他们的爱情一齐深深埋藏在心中。或许以后他会不时地想起这段感情，然后苦涩地将这段感情和其他的感情创伤一起丢进大脑的信息库中。

他知道，他必须充分估计一下这次琳达对祖国和对情报局的背叛行为，以及她这种背叛行为所造成的种种损失。他那职业间谍的大脑已经完全沉浸在此事造成的众多后果之中，比如，近几年，情报局派出的许多特工很可能都已经暴露，许多密码也一定被敌人破译了，各个分站的很多针对苏联的一些重要情报也可能已经泄露出去……

这一切是多么可怕呀！该怎么解决这些麻烦，恐怕只有上帝才知道。

邦德紧咬牙关。忽然，马西斯的话又回响在耳边："周围的黑目标多得数不胜数。"

邦德心里暗自苦笑了一下。没想到，如此之快，马西斯的观点就被证实是正确的，而自己那小小的说教是那么的不堪一击，一瞬间就毁灭了！

就在他四处奔波疲于作战时，真正的敌人一直在冷酷地、悄悄地、一点儿也不夸大地活动着，而且就在他身旁活动着。想到这儿，邦德的脑中突然浮现出了这样一个情景：琳达正从情报局的大楼里走出来，一叠机密文件就装在手提包里，文件上面印着即将被派出去执行任务的特工人员的姓名。

邦德的指甲不禁戳进了手掌心，因为羞愧浑身沁出了汗水。

然而，现在还为时不晚，现在这里就有一个他的靶子，就在他的身边。他要与"锄奸团"组织的人较量，穷追不舍，直到彻底把他们消灭为止。假如没有这个"锄奸团"组织，没有这个复仇的冷酷的武器，那么，苏联内务部就将变为一个普通的特务组织机构，它就再也不可能猖獗一时、横行霸道了。

电话忽然响了起来，邦德赶紧拿起话筒。他接通了名为"火炬"的电话，"火炬"是一位负责跟外界联络的官员，假如邦德想从国外给伦敦方面打电话，那么他就只能打给这个人。但是，只有在万不得已的情况下才会这样做。

邦德轻声对着电话筒说了起来。

"我是 007，这是外线，情况非常紧急。你那边能听清楚吗……对，请立刻上报。还有，3030 曾经是一个双重身份的间谍，为'红色土地'服务……是的，我说的是'曾经是'，因为，现在她已经死了。"

图书在版编目（CIP）数据

皇家赌场 / （英）弗莱明著；徐建萍译. — 北京：北京联合出版公司，2016.4（2019.3重印）

（007典藏精选集）

ISBN 978-7-5502-7097-8

Ⅰ. ①皇… Ⅱ. ①弗… ②徐… Ⅲ. ①长篇小说－英国－现代 Ⅳ. ①I561.45

中国版本图书馆CIP数据核字(2015)第321472号

皇家赌场

出版统筹：新华先锋
责任编辑：李　征
特约编辑：王亚松
封面设计：吴黛君
版式设计：朱明月

北京联合出版公司出版
（北京市西城区德外大街83号楼9层　100088）
三河市嘉科万达彩色印刷有限公司印刷　新华书店经销
字数133千字　620毫米×889毫米　1/16　12印张
2019年3月第2版　2019年3月第2次印刷
ISBN 978-7-5502-7097-8
定价：59.00元